SACCADES

Maude Poissant

Saccades

nouvelles

hamac

Les éditions du Septentrion remercient le Conseil des Arts du Canada et la Société de développement des entreprises culturelles du Québec (SODEC) pour le soutien accordé à leur programme d'édition, ainsi que le gouvernement du Québec pour son Programme de crédit d'impôt pour l'édition de livres. Nous reconnaissons également l'aide financière du gouvernement du Canada par l'entremise du Fonds du livre du Canada (FLC) pour nos activités d'édition.

H
hamac

Hamac est une division des éditions du Septentrion.

Direction littéraire : Éric Simard

Révision : Fleur Neesham

Correction d'épreuves : Marie-Michèle Rheault

Mise en pages et maquette de la couverture : Pierre-Louis Cauchon

Photographie de la couverture : © Marie-Charlotte Aubin
(mariecharlotteaubin.blogspot.com)

Si vous désirez être tenu au courant
des publications de HAMAC
vous pouvez nous écrire par courrier,
par courriel à info@hamac.qc.ca,
par télécopieur au 418 527-4978
ou consulter notre catalogue sur Internet :
www.hamac.qc.ca

1300, av. Maguire
Québec (Québec)
G1T 1Z3

Dépôt légal :
Bibliothèque et Archives
nationales du Québec, 2014
ISBN papier : 978-2-89448-778-5
ISBN PDF : 978-2-89664-849-8
ISBN EPUB : 978-2-89664-850-4

Diffusion au Canada :
Diffusion Dimedia
539, boul. Lebeau
Montréal (Québec)
H4N 1S2

Ventes en Europe :
Distribution du Nouveau Monde
30, rue Gay-Lussac
75005 Paris

Il y a toujours cette vieille expression
« on vit d'espoir », mais je commence à croire
que c'est surtout l'espoir qui vit de nous.

Romain Gary, *Les cerfs-volants*

Le sacrifice

Moi, je suis chef d'orchestre, et de mes cuisines il ne sort que du Loiseau.
Bernard Loiseau

Chantale et Luc le lui avaient bien dit : la couvée devrait être étouffée d'ici vingt-huit jours, trente au maximum. Tout avait donc été décidé en fonction de ce délai. La soirée se tiendrait dans vingt-neuf jours précisément ; les chairs qu'il travaillerait seraient ainsi au summum de leur perfection : fondantes, juteuses, avec en touche finale une vague impression de noisette fraîche. Les invitations seraient envoyées le plus tôt possible, la salle serait vaste et lumineuse, près des berges, la décoration raffinée, et le menu époustouflant. Alors on lui accorderait un financement à la mesure de ses ambitions.

Plusieurs fois dans le mois il s'était rendu sur la ferme afin de choisir ses pigeonneaux. Il en avait observé la croissance avec un enthousiasme semblable à celui de Van Gogh devant un jaune nouveau aperçu dans le coucher de soleil d'Auvers. Chacune des étapes du développement des oisillons l'avait attendri, et cette émotion, il le savait, réveillerait tôt ou tard sa fibre créatrice. Il espérait seulement que l'idée surgisse à temps. L'image des longs doigts de Chantale et de Luc, les éleveurs, qui déplaçaient les œufs blancs comme ils auraient levé la tête d'un nourrisson, s'imprimait dans son esprit. Il voulait leur faire honneur, creuser ses papilles et ses connaissances afin de trouver l'alliage parfait dans lequel sertir les pigeonneaux. Dumouchel et Bagard ne s'étaient pas encore approprié cette viande, il serait le premier dans la région et, comme il lui fallait ouvrir son restaurant avant le leur et gagner en popularité, le pigeonneau s'avérait un choix judicieux.

Après l'éclosion, il s'était familiarisé avec les êtres duveteux, avait caressé leur poitrail tiède, senti sur sa peau le martèlement de leurs cœurs miniatures, fixé leur œil intelligent. Au fil des jours, il s'était appliqué à choisir ceux que dégusteraient ses invités : non pas les plus avides, qui altéraient leur chair dans les bousculades vers le grain, ni les plus charnus, qui développeraient une plus grande acidité à la cuisson, mais bien les plus réservés, aux fibres intactes, douces, sans histoire. À chacune de ses visites, il notait au passage des détails précis permettant de les identifier : *duvet brunâtre, plus lustré vers la tête, bande noire près de l'aile gauche, marbrure en forme de X sur la queue.* Au bout de deux semaines, ses notes ne lui permettaient plus de reconnaître ses pigeonneaux. Leur duvet faisait lentement place à des plumes grises et blanches. Bientôt, lui avait dit Chantale en souriant, ils auraient tous leur nouvelle allure « lisse et hautaine » ; *tu devrais leur mettre un ruban à la patte, c'est ce que mon père faisait.* Il s'était donc dépêché d'acheter un étroit ruban couleur *jaune de Naples,* qui contrastait, une fois attaché, avec les pattes bourgogne des bêtes. *Jaune de Naples* sur *Rouge Bordeaux,* le contraste était beau. Les futurs pigeons les portaient avec une certaine grâce, comme honorés de cette mort à venir, heureux de sacrifier leur maturité afin que la noblesse de leur viande continue d'être vantée. Les connaisseurs, et ceux qui se targuaient d'en être, allaient combler leurs sens comme jamais avec le festin qu'il allait leur préparer : devant ce bouquet d'épices, de goûts et de textures grisants mais éphémères, ils allaient devenir presque fous, comme s'ils avaient enfoui leur nez dans le foulard oublié par la femme qui venait de les quitter.

Tranquillement l'inspiration montait. À chacune de ses visites à la ferme, un flot continu d'idées défilait dans sa tête : il voyait les pigeonneaux rôtis sur un feu de bois, avec une dorure parfaite, ou encore en bisque, à la façon Louis XIV, peut-être désossés et farcis, pour que ce soit plus agréable à manger. Il voyait des fruits, il ne savait pas encore lesquels, mais ils devaient être juste assez acidulés pour créer un parfait équilibre. Les idées venaient et repartaient, il les laissait filer, espérant qu'au moment opportun la véritable inspiration resterait ancrée en lui.

Mais la semaine précédant le *tordage de cou*, comme Luc se plaisait à le dire, aucune idée achevée n'avait vu le jour, aucun ingrédient porteur de recette ne s'était présenté à son esprit. La bonne façon d'apprêter ne venait pas. Des raisins, des figues ? Non… trop champêtre, commun même. Du gingembre confit ? Non… l'orient était partout depuis un an. Quelque chose d'autre. Une croûte de romarin ? Trop puissant pour une bête si délicate. Il devait penser différemment, oublier son dernier coup de foudre culinaire, le sanglier, une chair rustique nécessitant un apprêt plus costaud. Il devait changer d'optique, transporter son esprit créatif dans de nouvelles dimensions. Les braiser au girofle et à la bière ? Non. Non. Non.

Trop lourd. Non ! Il fallait que ce soit doux, mais pas trop. Singulier, mais accessible. Riche en saveur, mais subtil. La bouchée ne devait pas répondre entièrement à l'attente, elle devait laisser la bouche pantoise, suppliante, puis extasiée par la suivante. Il lui fallait donc trouver un nouvel équilibre, dépasser ces idées ridicules, stériles, qui le faisaient se rembrunir, suer des mains, vomir, même, de stress. Cet événement était crucial, il lui fallait absolument réussir à détrôner Dumouchel et Bagard, dont l'entreprise de traiteur avait déjà trop de succès. Les convives devaient retourner à leur quotidien ponctué de bœuf et de poulet fades avec une infinie déception, avec le souvenir de sa cuisine près des papilles. Alors les bailleurs de fonds verraient ce prêt comme une nécessité, et, le samedi soir, on ferait la file devant la porte de son restaurant. Dumouchel et Bagard deviendraient alors de pâles souvenirs.

Sa femme Geneviève, à deux mois d'accoucher, avait une fois encore coordonné l'événement : invitations, décoration de la salle, location de verrerie. Bientôt il la laisserait se reposer. Bientôt il aurait les moyens de payer quelqu'un. Bientôt il serait plus calme. Après cette soirée, les choses allaient enfin changer, il aurait son lieu de création. *D'ici là, laisse-moi seul, donne-moi l'espace pour réfléchir, la recette est là, sur le bout de mes papilles ; il faut seulement que je puisse la saisir à temps.*

La nuit précédant l'événement avait été lourde et pleine de sueurs ; il ne savait toujours pas comment apprêter ses pigeons. Des visions d'un réalisme troublant le tiraient chaque demi-heure de son sommeil. Il rêvait à des becs tordus de pigeonneau coincés dans un aspic à l'eucalyptus ; il se voyait, bredouille, tenter d'extraire une chair grumeleuse et rare sur des oiseaux trop maigres ; il ouvrait des casseroles remplies de moisissure bleue. Tous ces cauchemars se mélangeaient avec les mains de Luc, les rubans, les différents jaunes de Van Gogh, le visage de Lucie, la face du maire, qui allait être présent, et le flou blanc et noir de l'échographie. Il étouffait de panique, se levait d'un bond magistral, cherchait sa boîte de notes, et s'enfermait dans la salle de bains, l'unique endroit où, dans leur petit loft, la lumière ne réveillait pas Geneviève. Il fouillait alors parmi ses carnets de notes, jetant une à une les feuilles dans le bain, sans trouver, puis retournait se coucher, épuisé, cherchant toujours. Le simple fait de savoir que ses allers-retours dérangeaient le sommeil déjà pénible de Geneviève réactivait le cycle de son délire et l'empêchait de se rendormir.

Il retournait donc se cloîtrer dans la salle de bains, tentait de longues respirations, fermait les yeux, creusait le moindre de ses souvenirs gustatifs. Il feuilleta d'une main maniaque le dictionnaire des aliments, les livres de Boileau, de Lustambec, même celui de Jehane Benoît qu'il avait chipé à Lucie. Honteux, il s'abaissa même à ouvrir celui de Bagard, à la recherche désespérée de l'ingrédient qui ferait émerger une idée valable. Mais à cinq heures, assis sur le couvercle de la toilette, après avoir arraché un à un la moitié de ses sourcils droits en les coinçant entre deux ongles, il sut que l'inspiration ne viendrait pas. Anéanti, il ouvrit le robinet du bain et fit couler sur ses carnets éventrés un énorme jet d'eau tiède. Il ne pensait plus au bruit ni à Geneviève.

Plus rien n'allait s'enclencher maintenant. Il se sentait comme à neuf ans, dans le train qui le menait vers sa nouvelle famille d'accueil, vers un autre visage qu'il devrait appeler maman. La même panique était là, la certitude d'échouer, aussi palpable que le battement de cœur du pigeonneau sur sa paume. Il n'avait pas pu avancer ses pieds au sortir du train – le chef de gare l'avait pris dans ses bras pour le tendre à Lucie – et aujourd'hui, il ne trouvait pas le bon amalgame pour mettre ses oiseaux en valeur. Il s'était trop fait d'histoires, encore une fois. Cette comédie devant le maire, la préparation exagérée, et chère, de la soirée. Ces projets, les uns par-dessus les autres : le bébé, le traiteur, le restaurant. Il n'y arriverait pas, la nuit était passée et il pataugeait encore dans le minable et le déjà vu. Il avait neuf ans, encore. Et ça n'allait pas marcher. On ne voudrait pas de lui, on le renverrait au centre. On lui refuserait les fonds. Il redeviendrait n'importe qui.

Alors il se leva d'un coup sec, enleva son pantalon puis entra dans l'eau où flottaient en tous sens ses feuilles imbibées. Certaines, sous la succion, collèrent sur ses avant-bras et y laissèrent le calque de plusieurs lettres. La chair de poule gagna son épiderme. *Je vais devoir annuler.* Il plongea sa tête dans l'eau sale. Après vingt secondes ainsi, il commença à grelotter. C'était le froid, celui de Baie-Comeau, du train, le froid de sa chambre mal chauffée, celui du regard des autres enfants chez Lucie, le froid des petites fraises glacées.

L'image lui revint d'un coup, les coulisses rouges des *popsicles* faits maison, en même temps que la texture molle et fleurie du coton ouaté blanc qu'il portait la journée du train. Son silence devant Lucie, le moule en plastique passé sous l'eau chaude pour libérer les *pops.* Il avait trouvé quelque chose de démodé dans cette façon de les faire soi-même au lieu de les acheter, mais s'était quand même emparé du bâton de bois surmonté d'un bloc de jus glacé qu'elle lui tendait. Son beau chandail avait été sali à la troisième bouchée, mais Lucie avait continué de sourire. C'était là, sur le petit perron en ciment du bungalow défraîchi qu'il avait eu sa première épiphanie gustative. Le goût des fraises des champs ramassées derrière la maison, mises en purée et congelées, ne ressemblait en rien à ce qu'il avait mangé auparavant. La fine acidité des petites fraises, immédiatement soulagée par la douceur du sucre et l'ampleur parfumée du fruit, l'avait fait frissonner. Il avait léché les fraises glacées jusqu'à ce que le bâtonnet seul lui reste. Puis, comme s'il avait eu peur de ne plus retrouver ce goût nulle part, il avait continué de le chercher en mâchouillant le bois mouillé qui s'était fendillé.

Il émergea du bain en mettant de l'eau partout. Tout ce rouge : les taches sur son beau chandail blanc à Baie-Comeau, le rouge bleuté des petites fraises, le *Bordeaux* des pattes enrubannées, le rose violacé des saucisses de sangliers. *Oui, voilà.* Il allait les utiliser, ces pattes. Elles étaient belles. Et, surtout, elles faisaient partie de l'oiseau, elles étaient sa grâce, son essence, elles incarnaient son sacrifice. Il allait créer de la texture avec ces pattes, impressionner le maire et son portefeuille, il allait travailler tout en volume, ériger une pièce montée.

Laissant de grandes flaques derrière lui, il courut dans la chambre embrasser Geneviève, rassembla ce dont il avait besoin dans le garde-manger et le cellier, empila les boîtes de vaisselle et de verrerie, s'habilla en vitesse puis se dirigea vers la ferme.

Il était en retard ; Luc l'attendait pour cinq heures. Il enfonça l'accélérateur, et laissa libre cours à ses visions culinaires. Enfin, l'inspiration venait. Ce serait un hymne sans fin à la vie, un échafaudage de saveurs, un équilibre parfait entre le sauvage et le délicat, le croquant et le fondant, la viande et ce qu'elle dissimule. Ce seraient des cuisses de pigeonneau à la gelée de Banyuls plantées dans une saucisse de sanglier, ce serait comme un *popsicle,* on pourrait suçoter la patte restée entière, pour en extraire toutes les saveurs. Ce serait parfait. Ce serait un hommage à Lucie et aux petites fraises.

Il faisait chaud et humide. Luc avait commencé seul ; plus de la moitié des oiseaux y étaient déjà passés. L'éleveur les avait alignés soigneusement dans une boîte et Chantale tirait délicatement leurs plumes qu'elle laissait tomber dans un grand bac, avant de placer les bêtes nues dans un sac transparent. Entre les pattes entortillées des bêtes, on distinguait les boucles maintenant tachées de boue des rubans. Consterné qu'on ne l'ait pas attendu, et déçu de n'avoir pu observer une dernière fois le port altier de ses oiseaux, le Chef vit en tout cela un macabre présage. Il tenta donc de rectifier le cours des événements en replaçant doucement les corps des pigeons de façon symétrique. C'était plus beau ainsi, avec les petites griffes crispées sous le ruban. *Jaune de Naples* sur *Rouge Bordeaux*. Ensuite, il tint un à un les pigeons auxquels Luc brisait le cou d'un mouvement sec. Le fermier le rassura : ça restait le meilleur moyen de ne pas abîmer la viande.

Une fois les quatre sacs installés dans le coffre, il remercia Luc et Chantale. Puis, en voyant le bac rempli de plumes, demanda s'il pouvait les emporter. *Bien sûr*. Il se précipita ensuite au marché afin de se procurer les ingrédients manquants et partit en trombe à la salle de réception. Pris d'une agitation sensorielle incroyable, il appela Geneviève. *Repose-toi, reste à la maison, oui, oui, je m'occupe de tout, pas de service, non, pas besoin, j'ai eu une idée : je vais construire un échafaudage, mon amour, un échafaudage superbe à même lequel les invités vont aller chercher leur canapé. Je vais empiler les petits ramequins blancs, tu sais, les carrés, profonds, qu'on a achetés en ville. Ce que je vais faire ? Une douceur, mon amour, une bouchée à grignoter, une patte de pigeonneau qu'on mâchouille comme un bâtonnet de* popsicle, *que l'on fendille avec les dents pour en tirer tout le jus. Je vais faire revivre à ces gens le goût de leur enfance insouciante, je vais apaiser, avec chacun des morceaux qu'ils dégusteront, toutes leurs angoisses. Ils en parleront encore dans vingt ans. Tu peux dormir. Je m'occupe de tout.*

Arrivé à la salle de location, soulevé par une énergie créatrice grandiose, il se rua vers les cuisines. Il hurla *Allumez les gaz !* endossa sa chemise, et s'assura que les fours étaient à la bonne température. Puis il éviscéra un à un les pigeonneaux au-dessus de l'évier, en poussant de longs ahanements, et ouvrit les robinets d'eau froide au maximum. *Rincer, bien rincer les oiseaux. Oh mes petits, mes tout petits, vous allez voir, vous ne serez pas morts pour rien. Grâce à vous, je deviendrai un chef réputé. Attention, tenez-vous bien, je vais retirer les cuisses, doucement, doucement, chut, chut, voilà, je les détache len-te-ment, comme on écarte les cheveux du cou d'une femme, pour ne rien brusquer. Les griffes, maintenant… Oh, mes pigeonneaux, je dois vous les retrancher. Non. C'est absurde. On les garde ! Ce sera l'élément original. Oh oui, mes tout petits, on vous laisse vos griffes.*

Maintenant, le Sauternes est-il au froid ? Très bien. On s'assure que les gaz sont au maximum, oui, de belles flammes, hautes et belles, féroces, et prêtes à brunir votre délicate peau pour emprisonner les saveurs dans la chair. Un bon coup de beurre clarifié et de gras de canard, et le tour est joué, mes oiseaux. Vous voilà lancés dans une lente cuisson de laquelle vous sortirez confits. Maintenant les saucisses. Hop ! On fait monter les flammes jusqu'à hauteur du front, voilà, pour que ce soit bien chaud, puis on lance les saucisses, une par une dans les poêles. Ah ! Ça prend forme, enfin, mon Dieu, enfin, ça prend forme ! L'inspiration est venue.

Les tables, maintenant ! Quatre, au centre de la pièce, pour soutenir ma sculpture de bouchées. Ce sera parfait, ce sera divin, ce sera du jamais vu ! Dumouchel et Bagard, vous serez anéantis après ce soir !

Délicat, il faut être délicat en construisant les bouchées. Voilà. On enfonce une patte confite dans une petite saucisse de sanglier. Comme ça. Rester prudent toujours, ne pas déchirer la saucisse ou effriter le pigeon. On en fait deux cents comme ça, oui, deux cents, c'est un bon chiffre, plein de succès. Deux cents pops*, une patte comme bâtonnet, une saucisse* *de sanglier bien piquée dedans, deux cents bouchées qui vont changer des vies ! Ils sont beaux, ils sont superbes, ces canapés réinventés, avec les petites griffes bien arrondies au bout de la patte, bien crispées, qui rappellent la beauté de mes oiseaux sacrifiés. Vous avez vu ça, mes pigeonneaux ? Comme vous êtes beaux ? Vous ressemblez presque à ce que vous étiez de votre vivant. Oh. Je vais vous remettre vos rubans, mes petits, vous allez voir, vous serez comme avant. Je vous les remets au bout de la patte, voilà, un par un, oui, un ruban jaune attaché sur chacune des pattes. Ah ! Voilà.*

Maintenant on place rapidement dans les ramequins, oui, vite, vite, vite, pour ne pas que ça tiédisse, une par une, on glisse les saucisses dans un ramequin, comme ceci. Il faut s'assurer de bien voir la patte et son ruban, comme ça, oui, la griffe semble émerger du petit plat, oui, oui, oui, c'est parfait ! Vos pattes ont de la gueule, mes oiseaux. Maintenant on échafaude une belle pièce montée avec les ramequins, voilà, sur la table, tout en hauteur, très bien. Il manque un élément pour honorer convenablement votre sacrifice. Des plumes, peut-être ? Oui, des plumes ! Elles sont encore à la cuisine, allez on y va, on remplit ce grand cul-de-poule, et on laisse délicatement tomber sur les bouchées, comme une petite neige, ce duvet qui vous a tenu au chaud. Ah ! C'était la touche manquante.

Allez, on ajuste les éclairages, comme dans les galeries, comme ça, on tamise bien, c'est parfait, oui, parfait. Un chef-d'œuvre.

Vous avez vu, mes beaux oiseaux, on dirait que vous êtes ressuscités !

Lorsque les premiers convives se présentèrent à la porte munis de leur carton d'invitation, ils pénétrèrent dans une salle sinistre plongée dans la pénombre. Une odeur de roussi et de chair brûlée les prit à la gorge. Plissant les yeux pour mieux discerner l'immense objet qui prenait place au centre de la pièce, la femme du maire poussa un cri d'horreur. *Mon Dieu ! Qu'est-ce que c'est que ça ?* Une énorme structure du plus mauvais goût, de laquelle émergeaient des tonnes de petites pattes de pigeonneau tordues et grises, les avait surpris. On aurait dit que des centaines de volatiles s'étaient noyés dans des petits ramequins blancs, et ne laissaient voir de leur cadavre que des pattes crispées et noircies, atrocement décorées de rubans gluants de vase. Par-dessus ce montage cauchemardesque flottaient de multiples plumes raidies par le sang qui avait séché en grosses gouttes sur leurs barbes délicates.

Heureux, le chef se précipita pour accueillir ces invités triés sur le volet, la main tendue, les cheveux en broussailles, la veste maculée de sang d'oiseau et de viscères séchés.

La femme du maire, dégoûtée, recula, en retenant un haut-le-cœur. Elle chuchota : *Venez, partons d'ici.* Elle et son mari quittèrent la salle sur-le-champ, entraînant avec eux les convives qui commençaient à arriver.

Le cinquième commandement

je vous salue Marie pleine de grâces vous êtes bénie entre toutes les femmes Sainte Marie mère de Dieu priez pour moi je vous en supplie je le sais je ne devrais pas porter cette belle robe de communion je vais la salir encore et maman ne sera pas contente je vous en prie laissez-la moi juste pour aujourd'hui toute blanche toute belle juste une fois juste pour être avec les autres filles du couvent je vous le jure je sais que je ne devrais pas jurer mais je vous le jure quand même ce n'est pas de l'orgueil Sainte Marie c'est seulement que je voudrais communier moi aussi en blanc même si papa dit que c'est une affaire de vieilles nonnes je sais que la robe est trop blanche pour moi mais je la garde quand même j'ai si peur de la ruiner Sainte Marie laissez-moi la porter jusqu'à la fin des cérémonies même s'il fait trop chaud pour autant d'épaisseurs de tissu et de crinolines et que je risque de la salir même si ce n'est pas une journée pour porter des gants et de la dentelle Sainte Marie si vous saviez le voile sent bon comme je n'ai jamais senti bon je n'arrête pas de le respirer je respire trop vite et trop fort peut-être pour ne pas respirer l'odeur de la maison ici tout sent si fort je suis fatiguée les yeux me font mal des fois parce que je ne dors pas assez à cause de la senteur il y a le purin et il y a le lit et il y a papa Sainte Marie je vous en prie pas aujourd'hui je ne veux pas y penser pas à lui pas à moi pas au lit pas à la peau rougie de son dos qui a chaud vous le savez je suis une bonne chrétienne je respecte les dix commandements de l'Église je n'aime que Dieu et pas d'autre je Lui accorde tous mes dimanches je ne blasphème pas je ne vole pas je ne médis pas je ne convoite pas je ne me fâche pas Sainte Marie je suis calme si calme si douce si honnête je vous le jure même si on ne doit pas jurer Sainte Marie priez pour moi je suis toujours pure dans mes pensées j'essaie de ne pas laisser ces images venir de ne pas le voir dans ma tête de ne pas sentir son odeur piquante sur mes bras mes joues et mon ventre priez pour moi aidez-moi à marcher jusqu'à l'église sans croiser papa il me dira tu ressembles à ta mère le jour de nos noces je ne veux pas qu'il rie de cette robe je sais que c'est une robe qui appartient au couvent mais je sais aussi que sœur Agnès l'a portée avant moi la belle sœur Agnès je me dis que si moi aussi je la porte peut-être que je deviendrai jolie et blanche comme elle que je ne serai plus une petite fille impure qui ne dort pas assez la nuit Sainte Marie Vous êtes bénie entre toutes c'est ce qu'on dit alors je vous en supplie laissez-moi porter ce voile de communion aidez-moi parce que je ne comprend pas avec tout le respect que je vous dois je ne comprends pas comment on peut rester toujours pur dans ses actes j'essaie oui bien sûr que j'essaie je lui dis que je ne veux pas que ce n'est pas bien que ce n'est pas chrétien mais papa me dit toujours la même chose il me rappelle le cinquième commandement honore ton père et ta mère mais lui il dit seulement honore ton père alors moi Sainte Marie si je dois en même temps honorer mon père la nuit ou quelques fois le jour quand maman est couchée et rester pure dans mes actes si je dois faire ces deux choses qui ne vont pas ensemble je dois aller à l'église aujourd'hui porter cette belle robe blanche c'est le seul moyen de me faire pardonner

Ménage à trois

Le quotidien est la mauvaise herbe la plus coriace qui soit.
Francesco Alberoni

À partir du mois de septembre de l'année dernière, je n'ai plus rien fait d'autre que d'attendre un homme [...]. Je n'ai plus d'ailleurs qu'un souvenir vague de mes activités, des films que j'ai vus, des gens que j'ai rencontrés. Les seules actions où j'engageais ma volonté, mon désir [...] avaient toutes un lien avec cet homme.
Annie Ernaux

Ça fait dix ans que je suis dans une union de fait : compte conjoint, hypothèque, bungalow, deux chars, épicerie les jeudis, baise les samedis, deux belles filles de cinq et huit ans. On est un beau couple, leur père pis moi, on s'aime, mon chum est fin, assez beau, pis très calme, on se chicane presque pas, pis surtout, il me trompera jamais. C'est pour ça que je l'ai choisi. Quand je l'ai connu, il m'est pas tombé dans l'œil tu suite, mais lui, y avait l'air si sûr de m'aimer, que je me suis laissée convaincre, avec toutes les histoires de marde que j'avais eues avant, je me suis dit ce coup-là, je me ferai pas avoir, je vais rester avec un gars qui sera peut-être pas l'homme de ma vie, mais qui me trompera pas avec une belle grand' fille de six pieds, qui me refilera pas la chlamydia, qui commencera pas à mentir du jour au lendemain, ou qui me poussera pas, à force d'agir en *looser,* à le laisser. Non, je me suis dit, à mon âge, ça va faire, je survivrai pas, émotivement, à une autre infidélité. J'ai trente-deux ans, faut que je choisisse un bon gars.

J'ai choisi mon chum.

Mais maudit que la vie nous niaise. Parce que depuis environ deux ans, pendant les soirées avec ma belle-famille, c'est moi l'infidèle. Je regarde tout le temps mon beau-frère pis j'ai envie de lui.

Pourtant, d'habitude, les gars qui sortent avec mes amies de fille, les amis de mon chum ou mes beaux-frères, je les vois comme du monde asexué. C'est des gars qui ont rien qu'un statut – le frère, le meilleur ami, le conjoint. Je les vois pas comme des *prospects* avec qui je pourrais me retrouver nue dans un lit. Mais avec Cédric, le frère de ma douce moitié que j'ai connu y a dix ans, quand y était encore un ado, ça a changé d'un coup, à Pâques. On soupait chez Jacques, leur père. Cédric était pas accompagné. Sa Marlène l'avait quitté un an plus tôt pis y avait pas ramené de nouvelle blonde aux soupers de famille. Mon chum jasait avec sa marraine des États au bout de la table, faque Cédric s'est installé en face de moi, pis il m'a dit *T'as une nouvelle robe ? Vraiment cool,* pis il s'est versé du vin.

Moi, mon corps a été ramassé par deux grossesses : j'ai le ventre mou, grafigné de vergetures dégueulasses, la taille épaisse, le gras de bras un peu pendant, je suis pas si pire, mais disons que mon chum passe pu ses journées à me regarder comme quand je pesais 110 livres pis que je portais des vêtements *tight.* Il ne les remarque jamais mes nouvelles robes ; pour lui, une robe noire, c'est une robe noire. Mais Cédric, lui, avait tout vu ça. Je suis restée bouche bée, comme si ça se pouvait pas, ou plutôt comme si ça se pouvait pu – à quarante-deux ans – que quelqu'un me voie avec d'autres yeux que ceux de tous les jours, de la « complicité », du quotidien. Ça m'a explosé dans face : Cédric était pu un ado boutonneux pis il venait de remarquer ma nouvelle robe. J'étais pour lui une femme comme les autres, pas sa belle-sœur. En tout cas, moi, j'ai remarqué que c'était un maudit beau gars, vingt ans plus jeune que moi, mais un maudit beau gars pareil.

J'ai essayé de me convaincre que ça avait pas de bon sang, qu'il avait juste voulu être fin, mais on a déconné ensemble tout le long du souper, il riait de mes *jokes*, il se levait même pas pour aller prendre des nouvelles de ses oncles pis de ses tantes, on aurait dit qu'y avait le goût de parler rien qu'avec moi. Pendant toute la soirée je regardais ses bras, ses beaux bras musclés de gars qui fait des toitures, j'aurais eu envie de les effleurer du bout des doigts, de les pousser vers le haut pour lui enlever son chandail. Je me suis sentie un peu mal que ces idées-là me passent par la tête, juste un peu, mais la culpabilité est vite partie.

Je suis revenue chez nous comme une adolescente revient d'un party où elle a *frenché* pour la première fois : obsédée par le gars, écœurée par toute le reste. En couchant mes deux poulettes, j'imaginais l'odeur de Cédric, ses avant-bras musclés super *cut* ; j'aurais eu envie de me mettre la face dans son cou toute la nuit, de toucher sa joue rugueuse, j'aurais eu envie qu'il me prenne dans ses bras et qu'y me dise que j'étais belle, dans ma robe, pis qu'y m'emmène sur un lit, n'importe lequel, qu'y s'occupe de moi, que j'oublie ma vie, comme ça, mes deux filles (que j'aime, que j'adore, c'est sûr), leur père, mes matins toutes pareils avec des lunchs pis des toasts à beurrer, pis un autobus à attraper, pis trois minutes, seulement, pour me mettre du mascara et du rouge à lèvres achetés en spécial à la pharmacie parce que depuis qu'on a des enfants j'ai pu les moyens d'acheter des produits chez Make up forever…

Ça fait que je me suis garrochée sur le père de mes filles, ce soir-là, pour essayer de pu penser à Cédric, pour me convaincre que j'aimais mon bungalow, mes deux beaux enfants, que je voulais vraiment rester dans ma vie qui, je m'en rendais compte, ressemblait pas mal trop au *Jour de la marmotte,* avec la même crisse de journée qui recommence chaque matin, pareille à la précédente, pareille à la suivante, sans jamais donner rien de vraiment inattendu, mais où on est certain de trouver quelqu'un qui nous attend à la maison, qui nous écoute et nous encourage, et, surtout, nous assure qu'on crèvera pas tout seul comme un chien dans un lit de CHSLD à quatre-vingt-dix ans.

Ça a rien donné de me *pitcher* sur mon chum. J'ai eu du fun, oui, mais j'ai pas arrêté de voir le visage de Cédric à la place du sien. Pis à partir de ce moment-là, ça a pu jamais arrêté. Je parlais tout le temps avec mon beau-frère dans ma tête, comme si y était avec moi pendant chaque minute de ma journée. Je me faisais des films dans lesquels on avait du fun, on s'embrassait, on baisait, où j'étais une personne enfin intéressante, plus *wild*. En même temps, j'ai commencé à haïr ma vie de banlieusarde. Je voulais voir mon beau-frère, point. Le reste m'écœurait ben raide.

Je me suis mise à faire des soupers tous les samedis. *On devrait inviter ton frère.* À organiser des fins de semaine en famille dans le Maine ou au chalet. À observer chacun des gestes de Cédric, à déchiffrer ses regards, à analyser sa façon de s'asseoir tout le temps à côté de moi à la table et de me complimenter sur mes boucles d'oreilles, mon coq au vin, mon nouveau parfum. À étudier sa façon d'agir avec mes filles, me disant qu'y ferait un bon papa. Chacune des choses que je décidais dans mon existence faisait partie de mon seul et unique plan : me rapprocher de lui, stimuler son intérêt pour moi. Je m'achetais du linge à chaque fois que je le voyais, j'ai commencé à m'entraîner, à m'acheter des crèmes anti-vergetures, anti-cellulite, à consulter des sites web pour me faire poser des faux seins, à bourrer la carte de crédit conjointe avec mes achats chez Make up forever ou La vie en rose, à passer devant chez lui, même, le soir. La seule chose qui me calmait et me permettait d'accomplir mes tâches de mère au travail (beurrer des toasts, recevoir un appel, aller reconduire les filles à l'école, animer une réunion, laver la bol), c'était de planifier ma prochaine rencontre avec lui.

Chaque fois que je le croisais, j'avais des papillons, je voulais qu'y me regarde, me parle, s'occupe de moi. Je rêvassais à sa vie de gars de chantier qui habite en ville et pas en banlieue, qui revient à la maison et qui a faim mais qui te trouve si belle qu'il t'emmène dans la chambre à coucher à la place de s'asseoir à table, qui aime aller au restaurant, t'acheter des fleurs et des bijoux parce qu'il en a les moyens parce qu'il n'a pas d'enfants. Ça m'apparaissait si simple. Plus vrai que ma vie à moi.

Je me souviens d'un souper au restaurant où j'arrêtais pas de fixer ses grandes mains maganées par la job, j'avais le goût de licher ses doigts, de les mettre dans mon cou, sur mon ventre, entre mes cuisses, je voulais qu'y me prenne dans ses bras comme dans les films et je savais à quel point c'était quétaine et ridicule, mais je m'en crissais, je voulais qu'y trouve beaux les défauts de mon ventre et de mes cuisses, et qu'y me le dise, qu'y ait envie de moi, qu'y en puisse plus, je voulais mettre ma face près de son sexe pis sentir son odeur de gars de chantier, lui faire la meilleure pipe de sa vie, avec mon expérience de fille de quarante-deux ans, je voulais entendre le son de sa voix quand il vient, lui souffler des obscénités à l'oreille, lui montrer comment faire pour que je vienne aussi, lui dire combien y était beau, crisse qu'y était beau, avec toute sa jeunesse, vingt-quatre ans, estie qu'on est beau à vingt-quatre ans, avec des épaules larges de bûcheron et des grandes mains abîmées par les bardeaux, je voulais dormir dans ses draps, recommencer ma vie, ne plus être mère, choisir un gars qui me fait cet effet-là, pas juste un gars *safe* qui me trompera pas et qui revient sagement à la maison tous les soirs faire le souper aux filles et leur raconter des histoires avant qu'elles s'endorment. Je voulais manquer de sommeil pour les bonnes raisons.

Je revenais du travail épuisée, enragée après mon chum d'être lui et pas son frère, impatiente avec mes enfants, pis le plus souvent, complètement *horny*. J'écoutais des tounes quétaines à la radio en pensant à Cédric : *Repartir à zéro, Ce soir l'amour est dans tes yeux, Si j'étais un homme, J't'aime tout court.* Je me sentais pognée. Le chemin que j'aurais dû prendre était là, dans ma face, avec Cédric, mais moi, niaiseuse, *brainwashée* par la vie de couple au quotidien, je l'avais juste pas vu au bon moment.

Je me suis mise à imaginer que mon chum mourait dans un accident, qu'il s'étouffait avec une arête de saumon cuit sur le barbecue, qu'il me laissait pour une autre – mais je savais qu'il ferait jamais ça, crisse, j'avais choisi une pantoufle –, j'élaborais des stratégies pour qu'il me quitte, je suis devenue désagréable, tête de cochon, complètement bipolaire au lit : une journée je ne voulais même pas qu'y me touche, y m'écœurait, le lendemain j'avais la libido dans le piton et je voulais passer l'après-midi à baiser.

Un soir sur deux, je sortais faire des courses. Pour vrai, je prenais l'auto, me stationnais près du loft de Cédric pis je le regardais manger, écouter la télé, se gratter la joue. J'ai jamais vu une seule fille avec lui, pourtant Cédric est un maudit beau gars, ça me confirmait qu'il était attiré par sa belle-sœur lui aussi, qu'il attendait, comme moi, que je fasse un *move* ou de trouver le bon moment de faire le sien. J'ai failli monter une bonne dizaine de fois, mais j'étais pas encore assez *game*.

Un soir, on est allés souper chez Jacques pour la fête de Cédric. J'avais tout organisé : raclette, salade, gâteau au chocolat, mais j'avais oublié le vin. *Je vais aller à la SAQ, les gars, j'ai oublié d'apporter du vin.* Là, Cédric m'a dit *Ah, achète un Ménage à trois, Laurie, j'ai goûté à ça, l'autre jour, c'est écœurant.* Pis il m'a regardé avec un sourire. Je suis restée figée sur le pas de la porte. Je me suis dit ça y est, v'là le signe que j'attendais. Une allusion claire à nous deux, à notre situation compliquée. Ça fait que j'ai eu une idée. J'ai crié *Je prends ton char, le beau-frère!* J'ai glissé la main dans son manteau appuyé sur une chaise pis j'ai pris son porte-clés. Sur le chemin, je suis arrêtée chez le serrurier à qui j'ai demandé un double de chacune des clés. J'allais pouvoir entrer chez lui. Je suis revenue l'air de rien avec deux bouteilles de *Ménage à trois,* un blanc, un rouge. Cédric et moi on a bu le rouge ensemble, les deux autres gars ont pris le blanc.

Le lendemain après-midi, vers une heure, j'y suis allée. J'ai appelé, avant, en prenant bien soin de faire *67 pour masquer mon numéro, y était pas là, je suis montée. J'ai cogné, juste pour être sûre, pis j'ai ouvert la porte. Mon cœur battait aussi vite que le jour où je m'étais fait prendre par la police à lancer des œufs chez Yan, le gars qui m'avait donné la chlamydia. J'ai fouillé pour voir ce qu'il avait dans son frigo, dans ses armoires, dans ses tiroirs, j'ai regardé son linge qui séchait dans la salle de bains, je me suis déshabillée pis couchée dans son lit, j'ai mis ma face dans son oreiller pis j'ai tourné d'un bord pis de l'autre pour étaler son odeur sur ma peau, j'ai ramassé un de ses gilets qui traînaient par terre, pis je l'ai mis, ça sentait son déo, je me suis assise sur son divan, je voyais l'heure passer – je sais que les journées sur les chantiers finissent vers deux heures –, mais je partais pas, je voulais qu'il me trouve là, dans son salon, avec son vieux t-shirt d'Iron Maiden sur le dos, pis qu'il soit content de me voir, qu'il m'emmène dans son lit en disant *voyons, Laurie, qu'est-ce qu'on fait là, qu'est-ce qu'on fait là ?* Mais qu'il le fasse pareil, parce que son envie retenue depuis des mois est trop forte, pis que ce soit bon, crisse, que ce soit si bon, que ça me libère de mon union de fait, de mon ménage hebdomadaire, du lavage, du beurrage de toasts à la confiture, des crisses de matins toutes pareils, de mon statut de mère et de blonde, de moi-même et de l'ostie d'existence plate que j'avais choisie.

La dernière chose qui m'est passée par la tête avant d'entendre ses pas dans l'escalier, c'est *Je l'aime pu, mon chum. Chu pu capable. Je le laisse. À soir.*

Pis tout de suite après, pendant que la clé entrait dans la serrure, j'ai entendu un rire de fille, un rire niaiseux de fille de vingt ans qui a rien à dire mais qui est belle en crisse avec ses longues jambes lisses, son ventre plat, ses cheveux sans une maudite couette de travers. Pis ils sont entrés, Cédric et elle, en s'embrassant comme deux osties de tourtereaux.

Luc-sur-mer

Perdre est une sensation définitive ;
elle n'a que faire du beau temps. Quand on
a perdu quelqu'un, on a beau le retrouver,
on sait désormais qu'on peut le perdre.
Jean Giono

Je n'avais pas grandi à Luc-sur-mer comme Paul, mon mari. Alors, chaque matin depuis notre venue, beau temps mauvais temps, je rattrapais toutes ces années passées loin de la mer, et je traversais le boulevard des Alliés pour me baigner. J'aimais entendre au loin le bruit du ferry de Ouistreham, j'aimais sentir sur ma peau la force de l'eau, j'aimais à me baigner, seule, j'aimais défier les regards indiscrets des villageois. Même quand les fines aiguilles du froid piquaient ma peau, je prenais mon temps : je commençais par habituer mes pieds au contact de l'eau, ensuite mes genoux, puis mes cuisses. Après, je prenais un grand souffle, me trempais les épaules, laissant l'eau venir sur ma nuque, et faisais quelques brasses en évitant de mouiller mes cheveux. Je sortais revigorée. Mon mari s'était étonné, au début, que j'y aille même l'hiver. « Tu es folle ! C'est la crève que tu vas te prendre ! » Je plaisantais. « Ça me préservera ! » Les voisins bavardaient toujours en apercevant le vert émeraude de ma longue sortie de bain. Ils semblaient dire « Bon… v'là l'Auvergnate qui se baigne. Regarde… elle va encore à la mer. Hmmmf ! Qu'est-ce qu'elle y trouve ? Même les bêtes restent à l'étable aujourd'hui. Tu parles ! » Mais depuis quelques années on me trouvait moins ridicule. Les femmes de mon âge venaient aux fenêtres épier le moment où je me dénudais. « La chipie ». Je ne vieillissais pas au même rythme qu'elles. Ma fille Isabelle avait très tôt commencé à m'y accompagner ; mon fils Léon, lui, n'y prit jamais goût.

Je connaissais Léon depuis deux mois. Il avait vingt-huit ans, moi vingt-deux. J'étais étudiante, lui salarié. Ce soir-là, on prenait un verre sur une terrasse quand sa mère l'avait appelé. Elle séjournait chez sa sœur à Arles et souhaitait qu'il passe au plus tôt à la maison familiale régler un problème de toiture. Nous avions prévu passer la fin de semaine ensemble. « Où c'est, chez tes parents ? – À Luc. – Luc-sur-mer ? – Oui. – Mais on n'a qu'à y aller pour le week-end ! » Il avait hésité de longues minutes, cherché des raisons, proposé d'autres séjours, à Honfleur, à Rennes, à Paris, même, mais j'avais insisté. J'étais curieuse de voir où il avait grandi. Cela ne parut pas lui plaire, mais nous partîmes tout de même, malgré la noirceur, sans rien, et il retrouva vite son enthousiasme. L'automne rendait le vent cru, faisait voler mes cheveux et donnait à Léon une énergie nouvelle, semblait-il. Fébrile, il tenait d'une main le volant et me chatouillait la nuque de l'autre, essayait de m'embrasser en conduisant. À un moment il avait même sorti son bras et sa tête vers les champs noirs autour, puis avait crié, la main ouverte contre le vent « Je t'aime. Je t'aiiiiiiime. Je t'aaaiiiiiiiiime ! ». Il ne l'avait jamais dit encore.

Mon fils n'avait pas hérité de mon amour de l'eau. Il nous inquiétait. Jusqu'à son entrée à l'école, il m'avait observée entrer dans la mer de la fenêtre de notre chambre, terrifié par l'idée que je n'en ressorte pas. Rien n'y faisait : même si je m'y faufilais très tôt le matin, avant que lui et sa sœur ne soient debout, c'était quand même pour deviner derrière moi sa petite menotte aplatie sur la vitre et ses yeux mouillés qui attendaient mon retour. Son père l'avait souvent grondé en le trouvant près du carreau de notre chambre, d'où on voyait la plage, les joues comme des pastèques : « Il retient son souffle tout le temps que tu es dans l'eau ». La présence de mon mari ne rassurait pas Léon, il lui fallait sa mère. Si à son lever il me trouvait à la douche, il écrasait sa joue contre la porte vitrée. « Maman, tu es là, dans la douche ? Tu es là, maman ? » Mais s'il ne me voyait nulle part en se levant – les jours de marché, par exemple, où je partais très tôt – c'était pire : Léon passait d'une pièce à l'autre, me cherchait. « Elle est où ? Elle est dans la flaque, maman, elle est dans la flaque ? Maman, elle est dans la flaque encore ? Elle est où ? » Il réveillait sa sœur, paniqué. « Isabelle, Isabelle. Viens, on doit aller chercher maman. » Le pauvre n'entendait rien de ce qu'on pouvait lui dire pour l'apaiser, il se persuadait que je m'étais noyée. Il hurlait alors, sortait de la maison en poussant des plaintes de plus en plus aiguës, se sauvait de son père, traversait le boulevard en trombe. « Maman ! Maman ! » Son petit corps se crispait devant l'océan foncé. Si j'y étais, il se ruait sur ma jambe dès qu'il me voyait arriver, l'enserrait de ses petits bras blancs et s'y collait. « Maman ! » Alors, lentement, je sentais dans son cou diminuer le rythme de son cœur.

En arrivant, Léon avait serré ma main puis m'avait amenée vers la chambre du haut. Il y avait de longs rideaux blancs aux fenêtres. Il m'avait poussée doucement vers le lit, sans allumer. Il était différent, fébrile, il me répétait « Tu es belle. Tu es belle. Tu es belle ! » Cela m'avait plu. Lorsqu'il avait ouvert les pans de la fenêtre pour aérer, j'avais compris que la mer sifflait, là, toute proche. Je m'étais levée. « Tu as grandi ici, sur le bord de la plage ? – Oui. Ma mère se baigne dans la mer chaque jour quand elle est ici, elle n'y manque jamais. Je te la présenterai. Elle t'aimera. »

L'heure du bain des enfants était sans fin ; Léon disparaissait dès les premiers sons du robinet, poussait des cris stridents si sa sœur colorait l'eau avec de la mousse aux algues marines, refusait systématiquement de se tremper la tête, et suppliait qu'on enlève le bouchon après, et après seulement, qu'il soit sorti. Il se cachait ensuite les oreilles avec la serviette et se sauvait, encore mouillé, vers la chambre ; entendre le *glouglou* de l'eau avalée par le tuyau le rendait blême. Si par malheur quelqu'un vidait le bain pendant qu'un de ses pieds trempait encore dans l'eau, c'était l'hystérie : la sensation d'avoir la jambe aspirée vers le drain le faisait hurler. Je ne comprenais pas d'où il tenait cette frayeur immense ; Isabelle aimait l'eau, elle. Nous avions tout essayé : habituer lentement Léon, avec une baignoire presque vide, lui apporter son jouet préféré, la vache Jersey qui meuglait, s'asseoir avec lui, en lui parlant, mais le petit avait chaque fois la même réaction. Les médecins nous avaient dit de « remonter à la source du malaise » pour mieux le maîtriser ; cela ne nous aidait pas, nous n'avions aucun souvenir d'une « première crise ». Je commençais à désespérer de le voir si différent de moi. Un jour je me souvins du petit bateau de plomb que son grand-père lui avait offert à ses quatre ans. Mon beau-père, ancien combattant et féru de souvenirs de guerre, lui avait mis dans la main cette réplique miniature du *Voltaire,* un vaisseau français perdu en 1941, faite à même des restes fondus de poignards allemands saisis sur des soldats. J'avais trouvé cela macabre, mais Léon l'avait tenu dans sa main toute la journée. Le lendemain matin, il s'était laissé convaincre par Isabelle de l'essayer sur la mer. Il avait regardé sa sœur tenter de faire flotter son bateau qui, bien sûr, avait coulé tout de suite. Les enfants n'avaient pas compris qu'il n'était pas fait pour flotter. Léon était revenu en larmes à la maison, son cadeau jamais retrouvé.

Plus tard, l'intuition m'était venue que les frousses de mon fils n'avaient pas à voir qu'avec l'eau. Lors de l'un de nos séjours à Lessay – mon mari devait y tenir kiosque pour le travail –, je partis avec les enfants faire le tour de la fête foraine. Comme Léon mesurait moins d'un mètre vingt-cinq, nous n'avions accès qu'à la Grande roue. Nous y montâmes, Isabelle, Léon et moi, et lorsque nous fûmes tout en haut, je pointai vers l'est. « Regardez, les enfants, c'est chez nous là-bas ! » Léon se souleva légèrement de son siège en s'appuyant sur mon bras, et, devant l'immensité du paysage, devint blanc. Sous le coup de l'émotion, il laissa tomber la peluche qu'il avait gagnée aux jeux, qui chuta jusque sur le sol en heurtant à quelques reprises la structure de métal du manège. Le fait de voir disparaître dans cette vastitude un objet auquel il tenait tant angoissa Léon au plus haut point. En crise, il se mit à hurler dans la petite nacelle de la Grande roue, alertant tout le monde, jusqu'à ce que nous pûmes remettre les pieds sur la terre ferme près d'une demi-heure plus tard.

Le lendemain, j'avais dû dégager ses doigts endormis autour de mon poignet pour aller doucement à la fenêtre. Sur la commode se trouvait une photo de Léon garçon. Une femme, qui devait être sa mère, était accroupie à côté de lui. J'avais ouvert le rideau, lentement, pour voir la mer battre, là, de l'autre côté de la rue. J'étais vite descendue, pleine de hâte.

Jamais mon fils ne se baignait avec nous les dimanches. Pendant nos visites dans les stations voisines – à Lion, où c'était plus tranquille, à Ouistreham, où les enfants achetaient du sucre candi, à Bernières, où la mer était plus froide –, Léon restait assis sur sa serviette, bien droit, regardant sa sœur et son père crier dans les vagues. Il se cambrait dès leur retour, de peur qu'ils ne dégouttent sur lui. Il ne voulait pas marcher avec moi : la texture du sable sur sa peau, dans ses sandales, l'agaçait. Il refusait de lire : le soleil tapait trop fort sur le papier. Il restait plutôt le menton sur les genoux, laissant ses yeux balayer l'horizon.

J'avais marché longtemps sur le boulevard avant de me décider. À gauche, les boutiques étaient fermées, plus personne n'achetait de porte-clés en coquillage à ce temps de l'année. À droite, la marée basse avait rempli le sol de branchailles et d'algues noircies. Il faisait froid, mais j'avais le goût de la mer. Je m'étais avancée, avais trempé mes pieds, puis mes mollets. L'eau glacée avait rendu la peau de mes genoux écarlate. Un pêcheur s'était arrêté pour me demander ce que je fabriquais dans ce froid. « Je profite de la mer ! » Il m'avait vite corrigée : « C'est pas la mer, ma petite, c'est la Manche. » Mais tout cela, m'étais-je dit, était immense et plein de vagues, avec des marées, des quais le long des plages brunes et mouillées, des touristes, disait-on, l'été, et des tables pleines de tourteaux et de coquilles à vendre. Peut-être l'Angleterre se devinait-elle au loin, si l'on plissait les yeux, mais je préférais me croire devant l'océan. J'avais continué d'avancer en relevant ma jupe.

À l'école, toutefois, Léon avait compris que sa peur de l'eau le mettrait à l'écart, car dans les petits cercles où s'amassaient les élèves les plus impressionnants se discutaient aussi les magouilles navales. Les écoliers de la Côte de Nacre, ayant presque tous grandi les deux pieds dans le sable, près de leurs châteaux léchés par les vagues, avaient appris à se servir de la mer pour jouer, à triturer le sable pour y construire de longs canaux, à braver le vent sur des voiliers de fortune. Au week-end, les plus vieux s'essayaient même au *kyte-surf*, piquaient de la bière dans la glacière des parents, plongeaient leur corps raide dans les vagues pour épater les filles. Léon n'avait aucune histoire d'eau pour intéresser : ni récit abracadabrant de canot pneumatique volé avec ses cousins, ni pêche aux bulots avec l'employé de son père, ni plan secret de barrage souterrain pour inonder le sous-sol de l'hôtel de la République. Il n'avait que sa peur.

Léon m'observait à la fenêtre de la chambre. Le bout de ses doigts s'appuyait sur la vitre. Je lui avais fait un signe avec le bras : « Viens ! Viens me rejoindre ! » J'avais ensuite souri, tranquillement relevé ma jupe encore plus haut, et trempé mes cuisses. Il était resté un moment la main à plat contre la vitre, avant de se retourner. Je ne voyais pas l'expression de son visage.

Un matin je l'avais donc trouvé m'attendant dans la cuisine, en maillot, le torse haut, dans une posture mimant un courage dont je ne le croyais pas capable. Il avait entendu parler du grand Mathéo et de son exploit – rester plus d'une minute trente la tête coincée sous le quai du vieux Migneault sans respirer – et avait trouvé là matière à impressionner. Après tout, il avait le souffle long, c'était connu. C'est ainsi qu'il m'avait suivie ce jour d'octobre, avançant sur le sable froid d'un air dédaigneux, serrant sa serviette comme il avait, enfant, serré sans doute le rideau de la fenêtre. Arrivé près des eaux, dans le bruit des vagues giflant le sol, il s'était arrêté net. J'avais, moi, déjà les pieds immergés, et m'étais retournée pour lui tendre la main. Le petit tenait ses épaules bien hautes, comme pour montrer qu'il était capable, mais son corps entier tremblait convulsivement. De sa voix à peine audible, il me suppliait : « Sors, maman, sors, s'il te plaît. Sors, maman. C'est trop grand, je ne peux pas y aller. Je ne veux pas disparaître. » Il était resté là, plein de vouloir, sans avancer, l'échec au fond des yeux. La semaine suivante, il était revenu avec l'œil enflé et noir ; M. Mouchet m'avait appelée : Léon s'était battu avec le grand Mathéo.

J'étais sortie gelée. Ma peau semblait avoir rapetissé sur moi, à cause du froid. J'avais couru pour traverser le boulevard. Une fois dans la cour, à l'abri des regards, j'avais enlevé ma jupe alourdie par l'eau, puis ma culotte. J'étais entrée en riant, cherchant Léon. Je l'avais trouvé dans la chambre, avec en main des draps propres. « Tu n'es pas venu ? Trouillard ! La mer était bonne ! » Il était loin de rire. « Aide-moi, on va refaire le lit, il faut qu'on parte. » Gênée tout à coup, je m'étais avancée, le bas du corps dénudé et dégoulinant d'eau de mer, et l'avais aidé à replacer les couvertures. « Qu'est-ce qu'il y a ? Qu'est-ce qui se passe ? – Rien. La voiture est prête, on peut y aller. Je ne veux pas que mes parents nous trouvent ici, ils reviennent aujourd'hui. » Son air, cette fois, ne laissait place à aucune autre question. « Tu devrais te rhabiller, tu as l'air ridicule, comme ça. » Interdite, j'avais remis ma jupe humide sans m'éponger. Il avait tiré les longs rideaux blancs d'un coup sec avant de descendre.

Il était resté de marbre tout le chemin du retour, les mains sur le volant de sa Renault beige, impatient, traversant sans cesse la ligne double pour dépasser les voitures moins pressées. Tout le temps qu'il doublait ainsi sur la petite route à une voie, je fermais les yeux en me disant qu'on allait mourir dans un face-à-face. Voir les voitures arriver sur nous rendait mes mains moites. À un moment, juste avant une courbe, il avait brusquement accéléré pour dépasser une Peugeot rouge. Il nous était impossible de voir si une voiture venait en sens inverse. J'avais agrippé la poignée, puis détourné les yeux. Au milieu de la courbe une moto était apparue, fonçant sur nous. J'avais hurlé. Calme, presque plein de défi, Léon avait simplement freiné avant de se replacer derrière la Peugeot. Le souffle court, incrédule, je m'étais tournée vers lui : « Tu es fou ? J'ai eu peur ! » Il n'avait pas voulu répondre. Le reste du voyage s'était fait dans le silence. Léon m'avait déposée près de la cité universitaire où j'avais ma chambre. Ça avait été tout.

Vertige

... l'homme a créé Dieu à son image
et à sa ressemblance, agrandies jusqu'à ce que
l'esprit humain ne pût concevoir de dimensions.
Alfred Jarry

Édouard avait dès la première fois envié celui qui sermonnait la paroisse. L'immensité de l'église, au moment où ses yeux avaient suivi les hautes colonnes de marbre, lui avait fait ressentir cet épeurant vertige qui le traversait encore aujourd'hui. Dans ce lieu de culte, les mesures des hommes, et des choses, n'étaient plus les mêmes. Édouard s'était senti petit, minuscule même, dans cette vaste maison de Dieu.

Mais cet espace dans lequel on pouvait se perdre d'un coup d'œil s'était rempli dès que l'homme, devant, avait pris la parole. Sa voix enveloppait Édouard, le rassurait, lui donnait l'impression que l'église était moins haute. Édouard, les yeux rivés sur les gestes gracieux du père Aurèle, et sur les tissus luisants de son costume, avait l'impression de contempler un colosse respecté. Le prêtre fascinait son public, scandait des vérités qui rendaient coupables, voyait les têtes se baisser à son commandement.

Sa place, Édouard l'avait su à ce moment précis, était sur ce promontoire, pas sur les bancs, avec les autres. Il se voyait lui aussi appuyer sur son cou l'étole brodée de fils d'or ; avancer ensuite, les mains croisées sur le devant du corps, dans une pose pleine de compassion, de sagesse et de déférence, faire entendre le bruissement de sa lourde robe.

Il voulait projeter sa voix jusque sur la pierre. Soulager les âmes de leurs secrets. Sentir sur ses doigts le métal frais de la coupe dorée, la tenir devant les yeux fiévreux du public. Déposer les hosties sur les langues repentantes. Éloigner les nourrissons du *limbus puerorum** en leur mouillant le crâne. Il voulait surtout se dresser derrière l'autel, dos aux fidèles comme une sorte de guide, les bras levés en croissant vers le ciel et devenir plus grand que nature.

---

* Les limbes des enfants.

Il s'était donc pris d'assiduité pour la chose ecclésiastique. À l'âge de huit ans déjà le père Aurèle l'avait fait servant de l'autel et lui avait commandé sa première chasuble – une neuve. Sa mère, à sa grande déception, avait réagi froidement. Cela n'avait pas empêché Édouard d'accomplir les corvées du service en petit avec un sérieux inébranlable : il avait appris une à une les syllabes latines de la réponse avant même d'en connaître le sens. Ainsi, c'était sur lui que les villageois se fiaient pour savoir quoi murmurer pendant la messe.

Il s'était, deux ans plus tard, vu attribuer une tâche d'importance : celle du lavage ; au-dessus du lavabo, il fallait verser l'eau bénite sur les doigts du prêtre avant son sermon. Se voir déléguer une telle responsabilité avait donné à Édouard un grand sentiment de fierté. Le père Aurèle l'avait élu, lui, lui seulement, pour s'acquitter de cette ablution. Avant d'entrer en scène le jour venu, Édouard, de la sacristie, avait observé avec attention tous ces visages serrés les uns contre les autres dans la nef. Les yeux minces et foncés de sa mère, ceux en abricot de la grosse Thérèse Descôteaux, les globes rougis du vieux Lebel, les grands yeux bleus de Justine MacPhersen. Deux cents têtes qui lançaient vers le chœur leurs pupilles attentives. Édouard, comme hypnotisé, s'était mis à voir toutes ces figures bouger de façon bizarre, comme si elles avaient flotté au-dessus des corps engoncés dans leurs étoffes noires. Tous ces crânes étranges et suspendus dans le vide, prêts à foncer sur lui. Il avait voulu vomir ; la pression était trop forte. Mais il avait dû poursuivre, honorer son rôle, exécuter les gestes assignés par le curé. Au moment de pencher la carafe vers les doigts du prêtre, il avait tremblé, et, échappant le récipient de ses mains trop moites, n'avait pas réussi à les lui humecter.

Son énervement s'était accru devant l'œil horrifié du prêtre, qui s'était dirigé vers l'autel contrit, le cou enfoncé entre ses deux épaules, avec les traits d'un homme que l'on oblige à abjurer sa foi. Édouard avait décidé, après ce cuisant échec lui ayant valu les réprimandes du prêtre, de se guérir de sa timidité. Il s'était d'abord pratiqué de longues minutes chez lui, les yeux fermés au-dessus de l'évier, à verser de l'eau dans l'ouverture étroite d'une ancienne bouteille de vin de messe. Les dimanches, il s'était arrangé pour apparaître dans le chœur le plus souvent possible, afin de s'entraîner à être vu par la foule. Mais le père Aurèle n'avait plus fait appel à lui pour le lavage. Édouard, maintenant fin prêt, avait gardé confiance et guetté le moment d'obtenir à nouveau une corvée particulière.

Toujours arrivé à l'avance à l'église, il en profitait pour observer les responsables du service en grand accomplir leurs tâches : les thuriféraires préparaient leur encens, les cérémoniaires plaçaient la Bible à la page voulue et installaient la barrette du prêtre sur la crédence. Édouard avait tenté d'apprendre chaque détail de leur travail, afin de suppléer les absents au besoin. À chaque sermon il les avait regardés, envieux : les premiers enfumaient lentement le pourtour de l'autel en balançant l'encensoir comme si c'était un pendule ; les seconds tournaient les pages de la Bible en conservant un silence de mort. Leur rôle était essentiel, et très observé de la nef. Édouard avait été impatient de prendre leur place.

Il avait accompli pendant cinq ans son service en petit en gardant l'œil ouvert et en se rendant visible au vieil Aurèle. À chacune des réunions de servants, Édouard avait tendu le menton, implorant, voulant répondre aux questions, donner son nom pour le ménage du lundi soir, être choisi parmi les autres. Il s'était arrangé pour croiser le prêtre le plus possible, en dehors de ses fonctions. Arrivé avant ses confrères les jours de marché, il soulageait Aurèle de ses courses. Volontaire en tout temps, il accomplissait les tâches ingrates : laver les toilettes du presbytère, retirer les cailloux coincés dans les fentes du plancher de l'église, décoller les gommes sous les agenouilloirs, sabler les égratignures sur les bancs. Arrivé dès huit heures les matins d'obsèques, il aidait à couvrir les statues et les fenêtres du voile de crêpe noir utilisé en signe de deuil. Il se levait même à trois heures aux jours de cérémonies pascales, pour aider à préparer la procession du cierge. Mais le vieil Aurèle ne l'avait jamais choisi pour aider au service en grand. Édouard n'était pas le plus ancien, alors il s'était tu, patient.

Avec les années, les grands avaient tous fini par entrer au collège. Édouard avait attendu, espéré, prié même, que vienne son tour, mais c'étaient les frères Lafortune, des jumeaux, qui avaient eu la place. Même Émile Lebeau, son cadet de deux ans, s'était vu confier des fonctions du service en grand. Édouard, maintenant âgé de quinze ans, avait décidé d'en parler au curé. Ému, il lui avait demandé un entretien. Le père Aurèle avait reçu sa demande avec calme, comme s'il avait su qu'elle allait venir, et n'avait pas même laissé le temps à Édouard d'ouvrir la bouche.

— Venez, Édouard, venez.

— Où, mon père ?

— Au confessionnal, bien sûr.

Édouard l'y avait suivi, l'estomac serré, plein de craintes et de fourmillements. Le prêtre l'avait fait asseoir à l'endroit habituel, puis s'était installé de l'autre côté de la grille. Édouard n'avait pas compris où il voulait en venir.

— Mon enfant, c'est le moment.

— De quoi, mon père ?

— De vous confesser, mon fils.

— Mais... Je voulais vous parler. Pour le service en grand.

— Je sais, mon fils, je sais. Je vous vois aller et venir en cette église. La question n'est pas là. Votre examen de conscience vous fournira la juste réponse, et vous indiquera le chemin à suivre.

— Mon examen de conscience ? Mais... je ne vois pas, mon père...

— Vous pouvez débuter, mon fils. Nous le ferons ensemble.

— Je confesse à Dieu tout-puissant, je reconnais devant mes frères que j'ai péché en pensée, en parole, par action et par omission. Oui, j'ai vraiment péché. C'est pourquoi je supplie la bienheureuse Vierge Marie, les anges et tous les saints, et vous aussi mes frères, de prier pour moi le Seigneur notre Dieu.

— Très bien, mon fils. Poursuivez.

— … Mais… je ne sais pas quoi avouer, mon père. Je suis venu à confesse il y a deux jours.

— L'aveu est une libération, mon fils. Commencez.

Édouard avait baissé la tête. Il cherchait où il avait failli devant Dieu.

— Pardonnez-moi, mon père, parce que j'ai péché. Je… je…

— Allez-y.

— Je… J'ai été mauvais servant.

— Bien. Que voulez-vous dire ?

— Parfois, lorsque je déclame la réponse, je saute un ou deux mots. Je n'ai pas réussi à apprendre toutes les sections par cœur.

— C'est tout ?

— Non, mon père. J'ai aussi vu Legrand et Melville boire du vin de messe avant le service.

— Vraiment ? Et vous n'avez rien dit ?

— Non, mon père. Pardonnez-moi.

— C'est tout ?

— Non, mon père. Je n'ai pas réussi à décoller une gomme, la semaine dernière, sous le banc des Latulipe, et je l'y ai laissée.

— Eh bien, mon fils, est-ce tout ?

Le prêtre avait semblé attendre une autre révélation.

— Oui, mon père. Je ne vois rien d'autre.

— Parlez-moi de vos aspirations, ici, à l'église.

Édouard s'était éclairé.

— Eh bien, mon père, c'est que… c'est que… j'aurais bien aimé dispenser le service en grand, maintenant que les plus vieux sont partis.

— Bien… bien… Pourquoi, mon fils ? Pourquoi voulez-vous franchir ce pas ?

Édouard, étonné, était resté silencieux quelques secondes. Il avait tenté de trouver la réponse qui conviendrait le mieux au curé.

— Eh bien… eh bien mon père, pour me rapprocher de Dieu, pour mieux le servir.

— Et… le service en petit ne suffit pas, mon fils ? Vous le faites pourtant toutes les semaines.

— C'est que… mon père… j'aurais aimé porter l'encensoir, et pouvoir vous assister lors des messes.

— Humm… être seul à servir, autrement dit ?

— Je… je voudrais être plus près de Dieu, mon père, manier les objets du culte, avoir ma place dans le chœur. J'ai l'âge maintenant, je suis plus vieux qu'Émile Dubeau.

— Je vois.

Le prêtre avait posé sa main sur le grillage, lentement.

— Mon fils, je ne crois pas que vous soyez mûr pour le service en grand. Vous ne le faites pas pour les bonnes raisons. Réfléchissez, Édouard. Fouillez votre conscience. Sortez de vous-même, et vous rencontrerez Dieu. *Contritionem praecedit superbia et ante ruinam exaltatur spiritus**.

Édouard, interdit, avait senti ses yeux se mouiller. Le père Aurèle ne le comprenait pas. Édouard voulait aider seulement, gravir les échelons, contribuer au succès de la messe, rien de plus. Pourquoi le prêtre lui avait-il parlé d'orgueil et d'esprit hautain ? Tout ce qu'il avait accompli, il l'avait fait pour l'Église, pour lui, Aurèle, pour les paroissiens, pour Dieu. Comment le prêtre pouvait-il l'accuser ainsi sans raison et l'empêcher de poursuivre sa quête vers Dieu ?

Édouard avait ouvert brusquement la porte du confessionnal et s'était sauvé chez lui. Arrivé dans sa chambre, il s'était enfoui sous ses couvertures, pour se repasser en boucle les paroles du prêtre, tentant de percer l'énigme de ses insinuations, sans succès. « Mais je n'ai rien fait de mal ! » Sa conscience était vide : il avait confessé ses fautes et ne voyait pas où il avait pu faire preuve d'orgueil. Édouard avait pleuré longtemps avant de se convaincre que le père Aurèle le détestait secrètement. Les joues endolories par l'acidité

* L'orgueil va devant la ruine, et l'esprit hautain devant la chute.

des larmes, il avait haussé les yeux vers le plafond, brandi son poing et hurlé au ciel : moi aussi, j'ai le droit ! Moi aussi !

Après cet épisode, Édouard mit de côté ses lubies religieuses. Afin de le prouver au monde, il se terra chez lui, refusant de fréquenter l'église, et lisant, au mépris de ses convictions les plus intimes, des œuvres interdites. Jeune homme, il se mit à fréquenter Justine MacPhersen, sa voisine, qui n'avait d'yeux que pour lui, et se retrouva au bout de deux ans face à elle, sapé comme un citadin, une alliance dans chacune des poches, prêt à dire oui. Son mariage – à l'église – avait constitué le meilleur de sa vengeance envers Aurèle : avec une pointe d'arrogance, il avait observé lentement tous ces villageois entassés sur les bancs, le regard levé vers lui. Pas de haut-le-cœur, cette fois, mais il leur avait trouvé l'air niais, ainsi cordés les uns sur les autres, et, du haut de sa petite scène, il avait senti monter, enfin, un délicieux vertige.

Dès cette nuit-là, pourtant, Dieu le remit à sa place. Édouard, devant le vaporeux *baby-doll* de Justine, figea, et en ce soir béni d'épousailles, ne parvint pas à honorer sa femme. Après plusieurs tentatives infructueuses, il s'endormit, humilié. Les jours suivants, la proximité de Justine étala un léger baume sur son cuisant échec nuptial :

elle était si admirative ! À elle seule, elle parvint à combler, pendant un temps, son besoin d'être vu. Elle s'approchait doucement pour lui murmurer combien elle était heureuse d'être sa femme, entretenait pour lui l'appartement qu'ils habitaient rue Principale, lui demandait chaque matin quel plat il voulait déguster pour le souper ; elle semblait n'exister que pour satisfaire ses besoins. Mais, un soir sur deux, elle l'appelait de la chambre, souriante, apprêtée pour démarrer la famille, son vœu le plus cher. Édouard, l'esprit forgé par les enseignements religieux du vieil Aurèle, eut de la difficulté à mener à bien sa besogne, mais il y parvint à force de se fermer les yeux et de penser à autre chose. Commettre sur la catalogne de sa grand-mère des gestes obscènes le terrifiait ; Édouard considérait ces clapotements nocturnes comme faisant partie d'une mascarade ridicule de laquelle il était la mascotte. Et la honte l'accablait chaque mois davantage, puisque Justine ne réussissait pas à enfanter.

Chaque jour, Édouard devint plus irascible. Il se mit à insulter Justine lorsque le repas n'était pas à la mesure de ses attentes. Il se brouilla avec sa mère lorsqu'elle tenta sans trop de subtilité de lui donner quelques trucs pour favoriser la procréation. Il passait ses soirées enfermé au grenier, à vider des bouteilles de bière, à ouvrir la Bible et à en biffer des passages, à arracher des pages, à maugréer contre le vieil Aurèle qui lui avait gâché sa vie. Justine le trouvait souvent endormi sur les pages froissées du Saint Livre et elle se désolait de ne plus être en mesure de parler avec son mari, ni même de le comprendre.

Une nuit, vers trois heures du matin, après s'être endormi au grenier à la suite d'un épisode particulièrement humiliant dans le lit conjugal, Édouard ouvrit les yeux sur cet extrait d'un proverbe de Salomon apparaissant sur la page où il avait posé sa joue pour sommeiller :

Elle le séduisit à force de paroles, elle l'entraîna par ses lèvres doucereuses. Il se mit tout à coup à la suivre, comme le bœuf qui va à la boucherie, comme un fou qu'on lie pour le châtier, jusqu'à ce qu'une flèche lui perce le foie, comme l'oiseau qui se précipite dans le filet, sans savoir que c'est au prix de sa vie.

Il comprit le message envoyé par Dieu : même homme, même marié, même libéré de la religion, Édouard ne parviendrait jamais à cette ivresse qu'il avait passé sa vie à chercher et son mariage avec Justine était une erreur. Édouard avait emprunté ce chemin par la faute d'Aurèle et il était maintenant pris au piège. Il devint fou furieux, et se précipita dans la remise, sa Bible déchirée sous le bras et une bouteille de bière à la main. Il murmurait sans arrêt : *tout cela est de la faute d'Aurèle, et de Dieu ! Dieu m'en veut, il m'en veut et je ne lui ai rien fait ! Il va payer ! Ils vont payer !* Il but sa bière d'un trait, saisit ses deux bidons d'essence à tondeuse ainsi que des allumettes, puis se rendit à l'église. Il entra par la porte de côté, sachant où était cachée la clé, et se rendit au centre de la nef, prêt à faire de ce lieu honni un brasier géant.

Fragments de désirs amoureux

Tu voulais être marin, t'en souviens-tu ? Un beau marin blanc, droit, fier, frais rasé. Un marin avec des drapeaux au bout des bras, une médaille au torse, une casquette lourde à la palette luisante. Un marin en permission sur le pas de la porte, au bonheur de sa mère. Un beau marin blanc. À la place de ça, tu es devenu tapette, une tapette ordinaire qui couche avec d'autres tapettes à la main généreuse et au ventre tombant. T'es loin de ton rêve, hein ? Échanger du luxe contre ton beau petit cul. T'as de belles fesses, oui, bien entretenues, bien fermes, qui te donnent accès aux meilleurs restaurants, aux meilleurs hôtels de Charlevoix ou d'Ogunquit, à des montres hors de prix, et qui te permettent de dormir dans des lofts ou des maisons de campagne que tu ne pourrais jamais te payer.

Tu aimes te sentir riche, sur la petite pointe de l'iceberg, avec les autres riches, loin de tes parents, classe moyenne, vie médiocre. Tu aimes les cadeaux, mais ne demandes jamais d'argent. Tu ne veux quand même pas te prostituer, du moins pas ouvertement, c'est pourquoi tu entretiens un flou autour de tes sentiments. Tu te pavanes au bras d'hommes tellement incrédules devant l'intérêt que tu leur portes – tu t'éloignes de la vingtaine, mais ton corps est encore fin, lisse, musclé – qu'ils se crispent d'une jalousie mauvaise dès qu'on vous regarde, qu'on doute, qu'on comprend la combine qui vous unit. Ils sont les seuls à ne pas la voir et c'est là-dessus que tu mises. Parce que tu aimes le pouvoir que te confère ta relative jeunesse. Et à cause de ça, tu ne fréquentes pas d'hommes mariés, du moins lorsque tu les décèles. Ce sont leurs bonnes femmes qui ont le pouvoir, et les dépenses paraissent davantage dans les comptes conjoints, alors ils sont moins enclins à la générosité aveugle que tu recherches. Tu les évites donc.

Aux hommes libres à l'allure fortunée, tu déballes ta rengaine : tu te présentes, tout sourire, l'air gêné, tu leur parles en adoptant un air naïf, tu les hameçonnes. Puis vous échangez un peu, le travail, les plaisirs, les voyages. Tu te dis consultant en publicité, ou en finances, tu nommes quelques projets importants sur lesquels « tu as travaillé ».

À un moment précis de la conversation, tu leur confesses d'un air contrit aimer les hommes matures. C'est après que tu te lèves pour aller aux toilettes, que tu bouges ton petit cul et les fais rêver un peu plus. Neuf fois sur dix, ils paient pour toi puis t'invitent chez eux. Ton intuition sur leur compte en banque se confirme lorsqu'ils t'ouvrent leur caverne d'Ali Baba, t'emmènent au Laurie Raphaël, t'offrent des « petites pensées » en soie, en cachemire ou en argent sterling (si cela n'advient pas, tu romps vite toute communication). Un soir que vous parlez du travail, tu leur avoues avoir reçu une offre généreuse d'une boîte de Tokyo, Honk-Kong ou Paris, une offre à laquelle tu dois réfléchir. Alors ils se disent *non, il ne doit pas partir.* Et ils triplent les dépenses, te détournent de l'Orient en t'amenant à Hawaï, *non, range ton portefeuille, je m'occupe de tout,* te laissent tranquillement t'évacher dans leur vie comme le ferait leur adolescent gâté : exigeant tout du monde, de derrière sa splendeur juvénile.

La plupart du temps, ces hommes ressemblent à ton père, mais tu ne t'en es pas encore aperçu. Ça viendra. Ton père était un homme long, osseux, condescendant. Il avait l'air de dire aux autres, de derrière ses lunettes, *Moi, je suis un homme qui pense.* Mais qui pense comme en 1950, t'es-tu toujours dit. Le bureau où il travaillait était propre, sombre, avec boiseries et livres, notes et classeurs. Tu détestais cette pièce, mais tu ne t'en souviens presque plus. Ton père et toi ne vous entendiez pas. Cela, tu t'en souviens. Un classique. Père rigide, fils mou. Père sérieux, fils manqué. C'était un professeur d'histoire au jugement féroce malgré son admiration pour Voltaire ou Kennedy. Il s'adressait à Louisa, ta mère, comme si elle n'avait jamais vieilli depuis leurs noces. Il est vrai qu'elle pleurait souvent pour rien, en écoutant des téléromans d'après-midi, en absorbant les éclats emportés de ton père à l'heure des nouvelles ou en entendant la musique classique de fin de soirée à la radio – jamais elle n'aurait osé écouter les disques de ton père –, des adagios qu'elle fredonnait les deux mains dans l'eau de vaisselle.

Des adagios, tu en as joué. Barber, Mozart, Albinoni. Tu en as appris en quatre ans de cours de violon. Sur une chaise de cuisine, tu glissais ton archet sur l'instrument pour faire plaisir à ta mère. Mais tu as abandonné les leçons après un temps. C'est dans ta nature : les choses ont vite une fin. Tu découvres, tu te lances, tu t'emballes, tu essaies, tu t'améliores, tu comprends, tu sais que tu peux véritablement emprunter cette voie nouvelle, devenir quelqu'un d'autre, mais cela te suffit, et tu arrêtes. C'est la même chose avec les hommes. Il t'arrive de te laisser berner par les gestes d'amour que tu poses. À un moment de ta mise en scène, tu y crois tellement que tu te dis que c'est peut-être ça, l'amour. Tu observes ton amant sous un angle nouveau, *tiens, celui-là, c'est différent, il n'est pas si vieux, il est en forme, il est bien habillé, il a du goût, de l'argent, il me gâte, et il semble m'aimer pour vrai.* Tu te laisses aller, te convaincs qu'entre vous deux l'échange n'est pas que strictement matériel, que les bons repas et le Madiran n'ont rien à y voir, ni les foulards ou les week-ends au Mont Tremblant. Tu pourrais même quitter ce minuscule appartement que tu gardes pour les mauvais jours, où tu empiles les offrandes dont tu t'es lassé. Tu te laisses porter. Mais aussitôt que la vie à deux, la vraie vie à deux, celle où on emménage, où les frais se partagent, où les folles dépenses, les accessoires de luxe et les week-ends à l'extérieur se font plus rares, où on troque le Madiran pour un « vin de semaine » à dix dollars, où les vendredis soirs sont passés à la maison entre amis et où chaque matin t'accueille avec un reste de gueule de bois et la vision des fesses tombantes de celui qui t'aime et s'affiche à tes côtés avec fierté, aussitôt tu prends la porte de côté et disparais.

Chaque fois, en te sauvant comme ça, tu devines à nouveau la voix de ton père, hurlante, prononcer des mots qu'il n'utilise jamais et « dont il condamne l'usage » : *Sors d'ici, ma petite tabarnak de tapette, sors de ma maison. Essaye surtout pas de revenir. Va retrouver ta bande de dégénérés.* En même temps, tu entends renifler ta mère. Puis tu souris au souvenir de ta vengeance : un exemplaire de *Fragments d'un discours amoureux* de Roland Barthes, un livre fondamental, disait ton père, que tu as un jour posté à la maison familiale. Au verso, un extrait du journal de Barthes, publié après sa mort, retranscrit sur un post-it, puis collé sous la photo de l'auteur : *Si je prends un à un mes amis, c'est chaque fois un échec. Il ne me restera plus que les gigolos. (Mais que ferai-je alors pendant mes sorties ? Je remarque sans cesse les jeunes hommes, désirant tout de suite en eux, d'être amoureux d'eux. Quel sera pour moi le spectacle du monde ?) – Roland Barthes.* Puis tu as ajouté, en rouge indélébile, sous une flèche pointant vers Barthes : *tabarnak de tapette.*

Tu voulais être marin, t'en souviens-tu ?

Mais à la place tu es devenu tapette, et orphelin du même coup. D'où ta tendance, diraient Freud, Jung ou Lacan, à chercher l'admiration d'hommes maigres, longs, osseux, portant des lunettes. On te l'a dit : l'enfant cherchera toute sa vie le sexe de ses parents, dans les hommes et les femmes qu'il rencontrera, aimera, consommera ou auxquels il se soumettra. Belle vision du cul, penses-tu.

Aujourd'hui, tu fumes. Tu es dans la cuisine de Dominique. La cinquantaine, grandeur moyenne, poivre et sel, pas une once de gras, comédien resté serveur toute sa vie. Tu as dû niveler vers le bas, après avoir écumé la pointe de l'iceberg. Québec est un village, et les nouvelles vont vite. Ta réputation te précède : petit profiteur, insensible, sans cœur. Les hommes vieillissants ont besoin d'affection, d'être en couple, de se créer une petite bulle épicurienne, de mettre le grappin sur un conjoint plus jeune, plus beau, en souvenir de ce qu'ils ont été. Alors leur rancune est grande envers les gourmands de ton espèce. On commence à voir clair. On te boycotte.

Tu as donc accepté de fréquenter Dominique. Un acteur. Cela t'a plu : les soirées de première, les médias, la vie nocturne, le fla-fla, les tournées. Tu as mis en branle ton petit scénario, puis tu t'es retrouvé chez lui. Mais tu as vite compris, en le voyant se lever à cinq heures le lendemain, qu'il passait plutôt ses journées à servir des œufs tournés au Galimatias en attendant les contrats. Tu as réalisé, aussi, que tu n'avais jamais vu son visage à la télé ou au cinéma. Déçu, tu t'es résigné, puisqu'il n'y avait rien d'autre à ce moment-là. Tu t'es laissé payer le Clocher Penché et le Café du Monde, un abonnement au Périscope, des sous-vêtements en soie égyptienne et quelques livres. Tu as profité du Sancerre blanc gardé pour toi au réfrigérateur. Tu t'es même laissé promettre un séjour à San Francisco en février. Par un serveur. Bientôt, il ne pourra plus tenir le rythme et manquera de fonds. Tu penses à quitter la ville.

Dominique te parle souvent de sa carrière, de l'Actors studio de New York, il te montre son portfolio, ses affiches de spectacle, toutes en anglais. Il lève les yeux, nostalgique, en pensant à Sean, *un homme lui ayant transmis l'essentiel du métier d'acteur, décédé du mal de vivre des années 1970, les veines ouvertes dans un bain de Brooklyn.* Il se lève et déclame, solennel, des extraits d'*Antigone*, du *Bourgeois gentilhomme*, des *Justes.* Pourtant, à chaque lendemain de tes visites chez lui, c'est au Galimatias, non au théâtre, que tu te rends pour déjeuner à ses frais, et tu l'observes patauger dans sa vraie vie, dans sa seule vie, bien éloignée du *glamour* new-yorkais.

Il est vrai que Dominique, au fond, joue. À longueur de journée. Il t'installe dans sa section comme si tu étais un inconnu, s'amuse à te vouvoyer avec emphase. Tu le vois valser d'une table à l'autre, des assiettes plein les bras, en fredonnant un air de Jacques Brel. Tu entends sa voix retentir près des cuisines, sa voix de scène, te dis-tu, grave, sûre, *Mon chéri, ton œuf est trop cuit, regarde, c'est dur comme de la roche, refais-moi ça s'il te plaît.* Tu te dis que c'est par pitié que les cuisiniers brisent un nouvel œuf sans sacrer, parce qu'en vérité, sa voix sonne faux et son jeu ne prend pas. Chaque soir te le confirme lorsqu'il arrive, les traits défaits par la migraine.

Tu voulais être marin, donc, mais aujourd'hui tu fumes dans la cuisine de Dominique, et secoues ta cendre dans le fond d'une tasse de café. C'est une de ces journées où tu passerais la porte en entendant la voix de ton père. Tu as ramassé tout ce qui t'appartient, placé ton sac près de l'entrée et tu t'es coulé un espresso bien serré. Puis un deuxième. Puis un troisième. Hier, Dom t'attendait avec un Veuve Clicquot. Tu en as bu trois verres en l'écoutant t'annoncer sa bonne nouvelle. Puis, tard dans la nuit, la main sur ton torse, il a eu ce regard ému, avant de te proposer de t'installer chez lui.

Rien de tout cela ne t'a plu : ni d'être mis au courant de la retraite prochaine de Dominique (ni d'être invité à son party d'adieu, d'ailleurs), ni de te faire proposer une vie à deux avec cet homme dont le salaire diminuera à coup sûr dès que les pourboires ne gonfleront plus ses revenus. Tu as besoin de ton luxe, c'est ce qui te permet de te sentir différent. Tu acceptes la maturité, oui, mais pas les vieillards en devenir. Alors tu lui as souri, *oui, peut-être*. Tu l'as embrassé doucement et tu as éteint la lampe de chevet avant de t'endormir. Ce matin tu es resté couché jusqu'à ce qu'il soit parti, puis tu as rassemblé tes affaires.

Tu fumes dans la cuisine depuis une heure. Tu penses aux pantalons blancs des marins que tu n'as jamais portés, aux nombreux bagages que tu as paquetés en vitesse. Ce serait un matin où tu passes la porte. Pourtant tu hésites. Tu observes l'appartement de Dominique avec mépris : des meubles dépareillés, écorchés par endroits, des affiches de pièces de théâtre tenues au mur par des punaises multicolores, un comptoir minuscule, des électroménagers usés, un lit défait. Voilà où tu es rendu, penses-tu. Dans des appartements sans valeur, à manger dans une main ridée de classe moyenne. Une *tabarnak de tapette*, penses-tu. Qui baise les yeux fermés, le cœur sur un paquebot aveuglant de blanc, ancré près des îles vierges. Tu n'as pas de carrière, contrairement aux hommes auxquels tu mens si bien. Pas de femme, contrairement aux hommes que tu fuis si bien. Pas de liberté, contrairement aux hommes qui t'emmènent au bout du monde. Pas même de souvenirs ou de vains espoirs, contrairement à Dominique.

Alors tu penses à ta mère. Ta mère qui aimait Albinoni, ta mère devant son piano, les doigts crispés cherchant à se rappeler du grain des touches, ta mère immobile, serrant un petit cadre de bois doré dans lequel s'effeuille une photo d'elle en tenue de concert. Ta mère et ses larmes discrètes relâchées en l'absence de ton père.

Tu n'arriveras pas à partir, ni maintenant, ni plus tard. C'est à cela que tu penses devant ton café froid. Tu commences à l'accepter. Dominique n'est pas comme les autres, il ressemble à ta mère. Cela t'oblige à essayer, à essayer au moins, de briser le cycle du mépris.

Chez les loups*

Pas d'échappatoire pour la chair née d'immondices

Notre cabane moisie constituée d'une pièce et d'un grenier était au bout du monde ; il fallait trois jours de marche pour atteindre le village le plus proche. Notre père passait ses journées à se prendre des rasades assis devant le feu, notre mère dépeçait des écureuils pour en faire des ragoûts avant de rejoindre le père. Le grand-père, lui, étendu en caleçons sur son lit, attendait que la mort le prenne.

Moi et Frédo, on faisait ce qu'on pouvait pour rester invisibles et éviter les coups, mais le père nous cherchait constamment querelle.

— Hé, l'éclopée, t'as trente secondes pour m'apporter une autre bouteille !

Frédo m'aidait à descendre du grenier où nous avions la permission de dormir et j'obéissais. Pendant que je tentais de me laisser glisser sur l'échelle pour atterrir en bas plus rapidement,

---

* Cette nouvelle a été publiée sous le titre « La Chair » dans *XYZ. La revue de la nouvelle,* numéro 115, automne 2013.

le père ricanait, s'approchait, m'attrapait par le fond de culotte et me jetait sur le plancher.

— Rampe ! Ça ira plus vite. Il te reste dix secondes.

Une fois sur deux, je ne réussissais pas. Le père sortait alors sa ceinture ou son goujon, et s'occupait de nous garder le dos et le visage, à Frédo et à moi, couleur de chair crue. Nos blessures n'avaient jamais le temps de guérir.

Ça avait pris du temps avant qu'on décide de se sauver. On avait peur d'échouer, d'être battus encore plus fort. Mais un soir où le père nous avait particulièrement amochés, on s'était décidés.

— Il faut s'en aller, Béa. Il va finir par nous tuer. D'ici un mois, on sera partis, je te le promets.

Frédo avait tout organisé.

Le matin de notre départ, il m'avait attachée sur son dos et descendue de notre grenier glacial ; la mère traînait sur le plancher de la cabane, près de la porte d'entrée entrouverte, la culotte baignant dans un rond de pisse sur le point de se transformer en glace. Dans le sommeil, sa mâchoire pendait et dévoilait ses gencives. Le père, lui, assis près du poêle éteint, s'était encore assoupi la gourde entre les jambes et le menton enfoncé dans la paume de sa main ; au lendemain, comme toujours, une douleur au poignet l'empêcherait de travailler durant trois jours. Le grand-père seul avait ouvert un œil. La mère lui avait encore attaché un pied au barreau du lit pour l'empêcher de se soulager ailleurs que dans les guenilles sales qu'elle lui coinçait entre les cuisses. Son larynx amputé l'empêchait de parler. Il avait tenté un avertissement – Frédo et moi, sur le qui-vive, nous étions retournés –, mais comme à l'habitude, il s'était étouffé dans sa salive visqueuse sans réussir à émettre de son véritable. Nous nous étions énervés pour rien : bien imbibés, le père et la mère n'avaient pas l'habitude de se réveiller aisément.

Qui cherche à revêtir ses rêves
finira étouffé dans son propre cocon

— Attends, Béa, je vais prendre la vareuse du Vieux. On pourra s'en servir comme couverture.

Frédo avait retiré le manteau sur le dos du grand-père qui s'était mis à grelotter, puis l'avait enfilé. Le bas de la vareuse traînait par terre, mais Frédo se tenait droit, beau et fier.

Nous sortîmes dans la nuit de janvier. Les bois, autour, grouillaient de mille bruits. Une chouette s'envola près de nous. Les coyotes lançaient leurs longs hurlements. On entendait le grondement d'un train de marchandises au loin.

À la lueur d'une petite torche improvisée par Frédo, nous dégageâmes nos paquets de derrière le gros cèdre : des quignons de pain rassis patiemment accumulés au fond de nos couvertures, un cruchon d'eau et un paquet d'allumettes. Ils étaient intacts.

— Donne-moi ton sac, Béa, j'suis capable d'en prendre deux. Attrape un bâton, pour t'aider. T'es prête ?

— Oui.

Il fallait d'abord marcher vers le village. Frôler les demeures, les arbres, les dépendances, pour me permettre de m'y appuyer. Ne pas se faire voir. Atteindre l'écurie des Latreille ; ils étaient absents tout l'hiver. Utiliser la clé dérobée par Frédo à leur engagé. Entrer. Respirer les odeurs d'éclisse de bois et d'excréments de cheval, une puanteur plus douce que celle de notre cabane.

À l'intérieur, les chevaux nous devinaient, soufflaient, s'énervaient.

— La lumière est au fond, Béa. On doit traverser l'écurie dans le noir.

Appuyée sur le bras de Frédo, j'avançais sans voir, mais sans crainte. Nous avions choisi une autre existence maintenant ; la peur, la faim et les coups n'en feraient plus partie. Près des stalles des purs sangs, Frédo alluma. Il se mit à murmurer les détails de notre plan aux bêtes, dans l'espoir de les rassurer. Nous cherchâmes les selles, en vain.

— Il va falloir monter à cru, Béa. Tu veux qu'on monte ensemble ?

— Non. Je vais être capable. Je veux celui-là, le grand aux longues pattes. C'est le plus beau. Et le plus haut.

Mon bon Frédo installa une bassine de métal retournée au pied du cheval.

— Viens, Béa, je vais t'aider. Tiens. Ici. Place ton pied, appuie tes mains sur mes épaules. Vas-y ! Ça va ? Attends, je vais replacer ta jambe.

Frédo plaça les bagages, puis je commandai un galop, comme il me l'avait appris, en cognant plusieurs fois mes talons sur les flancs arrondis des chevaux.

Cherche la guerre, tu la trouveras

Surpris par la violence de mes coups – et par le fait que mon pied droit n'avait aucune force –, mon cheval avança en hennissant, comme prévu, mais il partit vers la gauche et se cabra, labourant le vide avant de se ruer dehors.

— Frédo !

— Béa !

Je faillis m'assommer le crâne au cadre de la grande porte et gardai mon équilibre en enfonçant mes ongles dans le cou du pur-sang pour ne pas me fracasser le corps sur le sol. J'eus peur, véritablement, une peur chaude, cette fois, qui s'agrippait dans mon ventre loin de toutes celles ressenties à la cabane, avec lesquelles j'avais appris à respirer. Cela me fit du bien. Je me sentais maintenant prête pour de nouveaux effrois. Prête pour la guerre.

— Ça va, Frédo. On continue. Il faut y aller. On a seulement quelques heures pour traverser la forêt et arriver au Lac. Si on passe l'aube, les chasseurs et leurs chiens vont nous trouver.

— Et ta jambe ?

— Ça va.

— Tu es comme tu voulais, Béa. Grande et belle. Tu vas voir, tout va changer maintenant. On sera enfin orphelins.

Nous partîmes.

Méfie-toi du blanc, il peut toujours porter des salissures

Près de nous, les épinettes se mirent à se balancer de plus en plus fort. Le vent sifflait.

— Ça sent la tempête, Béa.

— Ça sent l'air pur, Frédo. Ça sent la vie ! Mais tu as raison, il faut se dépêcher. On arrive bientôt au sentier ?

— Oui, il me semble, oui.

Les flocons frôlaient nos joues.

Frédo ralentit, tira la langue pour en capturer quelques-uns.

Nous avancions toujours. Les sabots émettaient un claquement sec et régulier. Ma jambe volait sur le flanc du pur-sang, légère, sans douleur, presque normale. Passées les lueurs du village, nous ne voyions plus grand-chose. Les bêtes devenaient nerveuses, nous nous mîmes au trot. Nos yeux à nous étaient complices de l'obscurité. Toutefois, Frédo souleva sa torche au-dessus de sa tête, pour apaiser les chevaux. Le temps m'inquiétait. Il fallait absolument traverser le lac aux Ours avant l'aube. Et cette tempête qui s'annonçait...

Le sentier de la Loutre, inutilisé depuis la fermeture de la pourvoirie, avait rétréci de moitié et laissé s'installer un fouillis d'aubépines.

— Qu'est-ce qu'on fait, Frédo ?

— On y va. C'est la seule façon d'arriver au quai à temps. Tu vas être capable ?

— Oui.

Il me précéda.

Les bras enroulés autour du cou de mon pur-sang, je m'étais allongée sur son corps chaud. La neige s'accumulait sur moi. La vareuse de Frédo disparaissait sous une couche de blanc. Je priais pour que le chemin s'élargisse bientôt. Il ne fallait surtout pas être vus ; on nous ramènerait aussitôt à la cabane, et c'en serait fini de notre nouvelle vie. Les longues aiguilles des aubépines me tailladaient les bras et les jambes, perçaient les flancs des bêtes qui se couvraient lentement de sang. Une louve hurla au loin. Le son résonna en moi, me rappela les colères du père. Je frissonnai.

Nous étions dans cette étroite route depuis une heure lorsque le vent se mit à siffler beaucoup plus violemment. On aurait dit qu'il descendait sur nous à la verticale, puissant. Les branches s'agitaient tout autour comme les bras trop longs d'épouvantails enragés. La neige durcissait. Devenait grêlons. Grafignait nos tempes. Agaçait les pur-sang, qui devenaient plus fébriles, tournaient la tête de gauche à droite, montraient les dents. On ne s'entendait plus. Il fallait crier.

— Béa !

— Tout va bien, Frédo. T'inquiète pas. On continue. On en a encore pour longtemps ?

— Je sais plus.

Le sang appelle toujours le sang

Il y eut d'abord cette lueur. Puis cette autre. Et cette autre encore. Une meute de lueurs sournoises. Il y eut les chevaux arrêtés net dans leur marche, empêchés de reculer ou de rebrousser chemin par l'étroitesse du sentier.

Puis il y eut ces grognements, ces gueules ouvertes enfoncées dans leurs cous. Des gouttes de sang mêlées aux flocons, au vent, de la chair rouge en lambeaux sur la neige, les cris, les plaintes et les mugissements les plus terribles que nous n'ayons jamais entendus.

Il y eut mon Frédo, par terre.

— Béa !

Un sabot fou sur sa cuisse.

— Béa !

Dans sa main ouverte.

— Béa !

Sur son autre cuisse.

— Béaaaaa !

Après je ne sais plus. Je suis tombée aussi. Frédo gisait au milieu du sentier. Mon cheval continuait de se débattre. Habituée de ramper à cause de ma jambe, je pus m'éloigner vite.

Nous avons longtemps entendu les claquements de langue des loups. Ils ont vidé nos chevaux en poussant de longs grognements satisfaits. La tempête s'est calmée. Je regardais l'aube venir, me répétant sans grande conviction qu'il y aurait suffisamment de chair sur les chevaux pour satisfaire la meute. Affalé sur le côté, mon cheval expirait une fumée tiède près de la neige, la tête relevée comme pour observer la scène, l'œil vitreux, résigné. Un rond de sang pourpre s'élargissait lentement sous lui. Ses sabots tentaient de faibles mouvements dans le vide, à chaque morceau que les loups lui arrachaient. À un moment, il déposa sa tête. Je devinais le cheval de Frédo en train de subir le même sort, plus loin.

Dès l'aube, on entendit les premiers sons des fusils. Les loups grappillèrent encore quelques morceaux, puis, à mon grand soulagement, s'éloignèrent. J'attendis un peu, puis me traînai jusqu'à Frédo. Couché en boule, il semblait dormir. La neige autour de lui était trop imbibée de sang pour annoncer quoi que ce soit de bon.

— Frédo. Frédo !

La peau de son visage était translucide, froide comme aux matins glacés dans la cabane. Mais il respirait.

Cela me prit du temps. Je réussis à le tirer jusqu'à mon cheval. J'approchai mon Frédo du ventre béant de la bête, puis le poussai tant bien que mal au chaud, dans la chair grugée par les loups. Nous restâmes ainsi, main dans la main, jusqu'à ce que les chasseurs nous trouvent.

La martingale

La mère d'Anette fait tomber par mégarde la cloche de dentelle posée sur la coiffeuse, s'excuse, puis la replace.

— C'est un ben drôle de chapeau... mais il est si joliment ouvragé, ça doit être à la mode ?

— Oui, mômann.

Sa mère s'approche de la robe de velours suspendue au large cintre de bois, la caresse longuement.

— C'est une belle robe, ma fille.

Elle rit.

— Rien à voir avec celle que je portais à la petite chapelle Saint-Vincent quand ton père m'a épousée ! C'est-y gris ou beige, la couleur ?

— Ni l'un ni l'autre. C'est grège. Un nouveau coloris. Bougez-la pas trop, s'il vous plaît, la doublure est fragile.

— Je savais, en t'envoyant en ville, que t'allais trouver quelqu'un de bien. Ma grand' fille. Tu es si belle. Tu fais partie du vrai monde maintenant, du grand monde. Tu as réussi, hein ?

— J'aimerais que vous me laissiez seule, maintenant, môman. Je vais finir de me préparer.

Anette s'approche de sa toilette, effleure le tissu. Le velours argenté lui rappelle Chloé, la poupée qu'on lui a offerte, petite. Une poupée au visage de porcelaine, oubliée chez M. le curé par des visiteurs fortunés, vêtue d'une robe de velours. Tout de suite on était venus la lui porter, « Tiens, Anette, elle est tellement belle, elle te ressemble, c'est toi qui devrais l'avoir ». Anette décroche sa lourde robe avec une infinie précaution, y entre la tête par le bas en essayant de ne pas accrocher la doublure de satin, passe ses mains fermées dans les manches, et fait descendre lentement sur son corps l'intérieur délicat de sa robe de noces.

Parce que tes bras sont plus doux que les cendres laissées par les grands feux.

Elle replace le collet, qui est plié, puis s'assure que les pétales de la fleur de soie piquée à l'épaule gauche sont bien ouverts.

Elle s'approche ensuite de la coiffeuse, caresse du bout des doigts le rang de perles posé dans son écrin, un bijou offert par la mère de Clément – « c'est un bijou de famille, ma fille » – avant d'en orner son cou. Les petites billes chatoyantes sont froides, la font grimacer.

Parce que je sais, moi, que tu es impossible à sertir. Et que je préfère passer mes doigts sur ta nuque dévêtue que sur ton cou asservi.

Anette observe le reflet rosacé des perles dans la glace. C'est Mademoiselle Labrecque, l'institutrice, qui avait parlé de son teint pour expliquer aux enfants la signification d'un vers de *Peau d'âne*.

— Loin, dans une grotte à l'écart de nacre et de corail richement étoffée… La nacre – n'oubliez pas que ce mot est féminin – est ce qui recouvre l'intérieur de certains coquillages. On peut aussi l'utiliser pour parler de la couleur des dents – des dents de nacre – voire de la peau – un teint de nacre. Regardez Anette, par exemple, sa joue est pleine de lumière, d'un beau blanc riche, on peut dire : elle a une peau de nacre.

C'est à cause de ça, pense Anette, que les enfants du village, puis, plus tard, les garçons, l'ont toujours regardée de loin ; comme s'ils avaient eu peur de la briser, de la gâter avant qu'elle ne trouve mari. Ils l'ont laissée seule avec son teint impeccable. « Comme si ça suffisait », pense-t-elle. C'est à ce moment qu'elle a commencé à collectionner des objets de beauté, ses objets de beauté. Elle a vidé le petit coffre de merisier de son nécessaire de couture, puis l'a rempli de bricoles choisies : plumes aux teintes curieuses, pierres polies par les âges trouvées sous le pont, fils d'or ramassés sur l'autel après le départ du curé, petits bouts d'étoffes abandonnés par ses tantes, bouteilles brunes et vertes laissées par l'apothicaire. Certains jours, elle s'enfermait pour ouvrir sa boîte, étalait une à une ses richesses, puis caressait sa joue avec les plumes, fermait les yeux en effleurant la surface ronde et satinée des roches, et posait son œil sur la vitre froide des bouteilles.

Elle a habitué ses doigts aux travaux de finesse, et créé de nouveaux vêtements pour cette Chloé qui lui ressemblait, avec ses précieux colifichets. Mais on s'en est offusqué autour d'elle.

— Voyons, Anette, tu y'a enlevé ses beaux habits ? Était tellement belle de même… Tu peux pas changer ça pour y mettre la petite robe de retailles que tu y as faite avec des cailloux pis des plumes… Il faut que t'apprennes à faire la différence entre les belles affaires, pis les guenilles. Le jour où on va t'envoyer en ville, il faudra pas que tu passes pour une campagnarde, encore moins pour une originale !

Pourtant, dès son arrivée à Montréal, chez Mademoiselle Laure, modiste, on a accueilli ses excentricités avec chaleur.

— Mademoiselle... vous êtes nouvelle ici ? Enchanté. Je suis Paul Legrand, orfèvre. Beau travail sur ce serre-tête. Très originale, la houppe de plumes, à la fois démodée, troublante et superbe. Un peu comme vous, d'ailleurs.

Anette s'approche de la cloche de dentelle. Elle place avec précaution le chapeau brodé sur sa tête, s'assure de laisser ses cheveux visibles.

Parce que tes cheveux ont l'odeur de la nuit que ramènent les sorcières après le sabbat.

Elle se souvient de ses tantes, l'été, qui surgissaient à tout instant, un canotier sans ruban à la main, en panique, « Tu vas te ruiner le teint, Anette, vite, mets ça ! » Elle pince les lèvres. Grâce aux soins de tous, elle a pu rester belle. Et aujourd'hui son visage est lisse, ses yeux bien maquillés, son corps richement vêtu. Poussée par sa mère, elle est venue en ville et y a rencontré des gens de qualité, comme Clément, qui deviendra son mari dans quelques instants. Anette a assuré son avenir, leur avenir, a insisté sa mère.

Pourtant, elle avait aussi trouvé en ville un autre côté d'elle. Loin de la beauté saine et lisse que sa mère prend pour un gage de richesse.

Plus près de ses vieilles plumes et de ses cailloux, auprès de Laure, de Legrand, l'orfèvre, de Josette, des gens qui ont vu plus loin que son visage parfait, qui lui ont fait connaître les cabarets, les martinis, la musique, la vraie beauté des choses. « Une vie d'artiste sans avenir », lui a sifflé sa mère lorsqu'elle a pour la première fois mis les pieds dans son appartement presque vide, « une vie de péché, Anette ».

Même si tu choisis la vie sûre quand je ne t'offre que la vie seule.

Annette détourne les yeux, n'a pas envie de se regarder. L'intérieur de sa robe lui pique par endroits. Tout à coup, elle se met à déplacer les objets sur la coiffeuse avec violence, à pousser les pinceaux, les fards, la boîte à chapeau, à chercher et chercher encore. Puis, enfin, elle la trouve : sa martingale.

Parce que c'est toi, parce que c'est moi. Qu'entre tous les bijoux que j'aurais pu te créer, j'ai choisi celui-ci. Parce que c'est près de là que je veux me trouver, le jour de ta cérémonie, et tous les autres que tu passeras avec lui.

Ce bijou est la seule chose que la mère de Clément n'a pas approuvée dans sa tenue de noces, « C'est beaucoup trop voyant, Anette, presque vulgaire, vous devriez faire installer un ruban à la place ». Mais Anette y tenait. Elle pince sa robe sur le devant, à hauteur du pubis, y place la martingale à l'endroit prévu, pour plisser le tissu. Elle se relève, s'observe longuement dans la glace.

Parce que c'est devant lui que tu souffleras ton oui, dans tes habits de contes de fées. Parce que tu choisis d'être femme plutôt que muse, et que cela me rend fou. Parce que tout cela. Je t'aime, et te laisse aller d'un même souffle.

En se dirigeant vers la porte, Anette s'assure qu'on ne voit pas la lettre que Legrand, son amant, lui a remise en même temps que la martingale qu'il avait ouvragée pour elle, lettre qu'elle a découpée minutieusement, puis cousue en différents endroits, comme une courtepointe, dans la doublure de satin de sa robe de mariée. Elle se tourne, attrape le riche bouquet de roses sur la chaise, puis sort épouser Clément.

Sweet innocent thing

Ici, les cuisiniers règnent, les serveuses acquiescent. Tout est à sa place, dans un bel équilibre digne des années cinquante. Les filles ont peur de nous autres, elles sortent toujours leur voix flûtée pour nous parler, elles nous écoutent au doigt et à l'œil. C'est drôle, quand même, l'indifférence et les sautes d'humeur, ça attire les filles, parce qu'on arrive souvent à s'en taper une. Elles sont pas toutes dociles, mais avec les plus jeunes, les petites nouvelles, celles qui ont besoin que chacun de leurs gestes et de leurs mimiques soit approuvé par l'ensemble du monde, ça prend deux-trois semaines, d'habitude, pas plus, et on les a dans notre lit. On a juste à prendre une voix plus douce et un air vulnérable après leur avoir gueulé dessus pendant un temps, à leur presser doucement la hanche quand elles nous bloquent le chemin dans le corridor, bref, à leur donner juste assez d'information pour qu'elles se mettent à croire que derrière notre allure de brute, on peut être gentil aussi, tendre, même. Dès que cette idée leur passe par la tête, c'est gagné : elles croient qu'elles pourront réussir à nous changer et elles y mettent tous leurs efforts.

C'est peut-être rat un peu, mais on est comme ça, Manny, Funz, le grand D et moi. On cherche nos distractions de l'autre côté du passe-plat. Quand tu travailles à quatre dans une cuisine à peu près grande comme une garde-robe, tu n'as pas le choix de renverser la hiérarchie en t'imposant chef de meute. Sinon, t'es juste un chien, enfermé dans un placard où il fait plus chaud que dans un sauna.

Les anciennes serveuses, les toffes, savent qu'il vaut mieux entendre sans nous écouter. Les nouvelles, elles, nous écoutent en silence, impressionnées. Elles font chevroter leur petite voix pour s'informer des ingrédients de la tartiflette, demandent poliment qu'on fasse chauffer du pain, nous lancent de petits sourires gênés.

So, elle, le jour où elle est arrivée, était pas une débutante typique, souriante et rose comme une Barbie fraîchement empaquetée. Elle avait déjà travaillé ici, avant que je sois engagé. Je l'ai croisée dans la salle des employés, où elle était en train de se changer. J'en ai profité pour regarder le bas de son dos blanc, et la partie de son tatouage qui m'était accessible ; une espèce d'arc-en-ciel, d'un bleu pâli. *Come on,* un arc-en-ciel. Rien de plus contradictoire que « tatouage » et « arc-en-ciel » réunis dans une même image. Elle s'est retournée. *Salut, moi c'est So.* Elle m'a tendu la main, mais j'ai continué vers les toilettes pour la tester. *Moi, c'est Crad. –Han ? C'est quoi ce nom-là ?* Je lui ai pas répondu. Cédric-Raphaël Allard Dubois, c'est pas très crédible comme nom de bourreau. *Crad,* ça cadre avec mon physique au moins ; j'ai une tête à faire peur, comme celle de mon père, pas très symétrique ni rassurante, avec des crevasses dans les joues qui font penser à des rides, déjà. Pendant que je barrais la porte, je l'ai entendue crier *j'espère que c'est pas parce que tu te laves pas !* Puis elle a ri en s'en allant.

Ce soir-là, j'en ai profité pour jouer mon petit jeu devant So. La seule façon de te faire entendre, quand tu es cuisinier, c'est en faisant du bruit, le plus de bruit possible. Tu claques tes paumes sur le *stainless* brûlant, où attendent les assiettes prêtes à servir. Pah ! Pah ! Pah ! *Hey ! Y a trois tables de prêtes ici, videz-moi ça, j'ai pu de place pour sortir mes nouvelles assiettes.* Pah ! Pah ! *Plus vite !* Tu lances les casseroles sales avec violence, quand la pression est trop forte, dans les bacs à vaisselle, sous le comptoir. *Popof, ça fait une heure que mes bacs à vaisselle sont pleins, grouille, viens me vider ça !* Tu montes le son de la radio, expulsé à travers le haut-parleur gluant d'huile à frites évaporée, puis redéposée là en petites gouttes qui sucent tout ce qui s'en approche.

Tu peux aussi produire des bruits plus vulgaires : en criant des grossièretés et en mimant des gestes obscènes. Je me dis souvent que pour faire une job aussi sale, il faut être un porc et aimer se vautrer dans le dégueulasse, avoir une fêlure quelque part, entre la tête et le sexe. *Envoueye, mon cochon, pars-moi une belle saucisse. M'as te prendre deux cuisses de lapin, bien ouvertes et bien grasses. Crisse, on est enculés raide, les gars, y a plus de homard pour les linguines. Funz ! Tu m'as encore servi un médium trop cuit, viens ici, mon salaud, que je te l'enfonce bien profond en te claquant ta petite fesse de débutant.* Tout ça au milieu de mon *call* guttural et militaire : *Trois soupes à l'oignon, deux tartines de saumon, deux assiettes de fromage, quatre… non, huit steaks, trois médiums, deux saignants, un médium-bien cuit et deux bien cuits, j'enlève quatre linguine, deux steaks saignants, une lasagne, une tourte aux fruits de mer, avec salade, sans vinaigrette. Encore une grosse au régime.*

Mais ce que je préfère, c'est gueuler après les serveuses. *Hey ! Y a tu quelqu'un qui va finir par nous apporter quelque chose à boire ? On n'a pas d'air conditionné icitte. Quatre thés glacés,* right now, *sinon j'arrête toute !* Habituellement, les petites gazelles font le saut, culpabilisent de nous voir suer comme des cochons alors que leur maquillage à elles est encore intact, et courent vers le bar, pour revenir avec quatre verres pleins. Moi, j'en profite pour leur regarder les fesses, et refaire mon top 10, s'il y a lieu.

Ce jour-là, pendant le début du *shift,* So écoutait les conseils de David, le serveur en chef. Ils s'amusaient. Elle riait. Son petit rire m'a dérangé, j'avais le goût de le lui faire perdre. J'en ai donc profité. Quand elle est venue se présenter en cuisine avant le *rush,* je lui ai fait comprendre qui menait, ici. *Salut les gars, moi c'est So. J'arrive de Banff, j'ai travaillé deux ans là-bas. Voulez-vous quelque chose à boire ?* On a rien répondu, personne. Manny avait la tête dans le congélateur, le grand D sentait frémir le haut-parleur crotté près de son oreille, Funz déchirait des carottes avec la mandoline émoussée, et moi je me dorlotais au-dessus de la friteuse, laissant mes pores profiter de ce facial de graisse quotidien permis par le blanchiment de douze bacs de frites. Comme personne ne lui répondait, So s'est penchée pour qu'on lui voie la tête entre les deux tablettes du passe-plat, puis elle a répété *Salut, moi c'est So. Prenez-vous quelque chose à boire, les gars, pendant que j'ai le temps ?* Je suis devenu mauvais. Je me suis approché, j'ai attendu une seconde, puis je lui ai servi un de mes beaux crescendo colériques : *ma belle So, quand t'es devant le passe, tu te la fermes. On a d'affaire à se concentrer ici, pis si je câlle, faut que les gars m'entendent. Faque avant de nous parler, tu demandes la permission, c'tu clair ? Ton nom, on va le savoir ben assez vite, il va être écrit sur les ti-coupons que tu vas nous envoyer tantôt. Pis quand on voudra quelque chose à boire, on t'appellera. C'est pas quand c'est tranquille qu'on a soif, c'est quand l'imprimante chie tellement de bons de commande qu'il faut changer le rouleau de papier aux demi-heures.* Elle est restée silencieuse, je voyais bien qu'elle essayait de ne pas avoir l'air troublée, mais sa bouche, restée ouverte une seconde de trop, l'a trahie.

Après, So est revenue en cuisine le moins souvent possible. Le beau David travaillait dans la section à côté de la sienne. Il avait l'air de la trouver de son goût. C'est vrai que c'est une belle fille. Une belle fille ordinaire. Un petit sourire généreux, rond, en cœur, toujours sur le point de se dessiner. C'est presque trop facile de s'attaquer à un sourire comme celui-là. *Poor sweet innocent thing,* comme dirait l'autre. Chaque fois qu'elle se présentait devant le passe, elle le perdait, son sourire, puis s'adressait à nous comme si on était une seule et même personne, sans jamais me regarder. Elle utilisait des formules de politesse neutres, pour ne pas me provoquer à nouveau : *J'aimerais de la vinaigrette supplémentaire pour ma salade Louisiane de la treize, s'il vous plaît, pourrais-je avoir le steak de la vingt-quatre sans sauce, s'il vous plaît ? Est-ce que c'est possible de faire un burger sans fromage pour un enfant, s'il vous plaît ?* Je m'arrangeais à chaque fois pour qu'elle sache que c'était moi le maître. *Pointe-moi un extra pour ta vinaigrette, s'il vous plaît. T'as ça dans l'ordinateur, steak sans sauce, pis tu viens nous le demander avant de le pointer, s'il vous plaît. Y en a pas de fromage dans le burger pour enfant, s'il vous plaît.* C'est ce soir-là qu'on l'a surnommée « s'il vous plaît ».

Après, on est allés boire une bière, Manny, Funz et moi. Le grand D avait autre chose. Avant de partir, j'ai tourné la tête pour voir si So était encore là. Manny m'a vu la reluquer. Il m'a retenu. *Elle est pas mûre, Crad, attends encore un peu.*

J'ai réussi à l'avoir la semaine suivante. Toute la soirée du samedi, j'ai été doux, très doux avec So. Chaque fois qu'elle se pointait devant le passe, je lui souriais. Dès qu'elle demandait un extra sauce, je le lui donnais immédiatement, et je lui disais, d'une voix douce, *Tiens, So.* Elle me regardait sans comprendre. À la fin du *shift,* je lui ai même demandé si elle voulait se commander quelque chose à manger avant que je ferme les poêles et les friteuses. Elle a pris une salade.

Après, Funz, le grand D et moi sommes passés devant la table remplie d'argent sur laquelle les serveurs faisaient leurs dépôts, et j'ai lancé un discret *on s'en va au bar* sans me retourner. Elle a mordu.

Elle est arrivée toute seule. On l'a regardée nous chercher, puis Funz lui a fait un signe de la main. On était dehors.

Elle sentait fruité, la pêche peut-être, ou la pomme. Nous on suintait encore la vieille friture, la sueur au jus d'oignon, le viril. Je me suis dit que c'était le genre de fille à boire un *sex on the beach,* ou un *mojito.* Quelque chose de doux en tout cas, qui ne fait pas grimacer.

Mais elle a commandé une rousse. Et quatre shooters de Jack Daniels. Je me suis dit qu'elle essayait sans doute de nous impressionner en se calant quatre onces de fort, mais je me trompais. Quand la serveuse est revenue avec tout ça sur son plateau, So a pris les verres et en a placé un devant chacun de nous. *Voilà messieurs. Merci.* Et elle nous a regardés avec un sourire, comme si elle ne se souvenait pas qu'on lui avait mené une petite vie dure depuis son arrivée, comme si on ne l'avait pas ignorée de derrière notre passe, comme si la vie repartait à zéro. J'étais un tout petit peu mal à l'aise, mais ça ne m'a pas empêché de lever le fond de mon verre en une seconde, d'un coup de petit doigt. Nous, notre calcul est simple : on doit pouvoir se payer deux verres avec une heure de travail, soit deux pintes. Un shooter de Jack, on s'offre jamais ça, ça se boit trop vite, à moins d'avoir reçu notre paie de vacances ou d'avoir fait des heures supplémentaires. Alors non, je n'ai pas craché sur son cadeau.

So parlait beaucoup, et commandait des verres pour nous aussitôt qu'elle en voyait un se terminer. D'habitude, les serveuses n'étalent pas leur fortune, de peur qu'on leur en veuille. Après tout, c'est sur notre dos qu'elles font leurs pourboires ; et moins ça se sait, mieux elles se portent. Alors elles feignent de ne rien nous devoir. Mais So avait l'air de se sentir coupable de cette injustice, alors elle vidait son fonds de caisse dans le Jack, billet de vingt après billet de vingt.

Le grand D et Funz lui faisaient les beaux yeux, riaient chaque fois qu'elle ouvrait la bouche. L'effet belle blonde ordinaire, quoi. On la trouve jolie, on se dit qu'elle voudrait peut-être de nous, et on se convainc qu'on serait heureux, que la vie n'aurait plus son lot de problèmes, que tout serait simple, et rose. On se laisse charmer. Moi, ça fait longtemps que je sais que ça marche pas, ces niaiseries-là, mais ça m'empêche pas de faire semblant d'y croire pendant quelques heures une fois de temps en temps ; il faut bien satisfaire ses bas instincts.

À l'heure du *last call,* on était en train de parler cinéma ; So a commandé quatre autres Jack et on les a bus d'une main amollie. Je savais que Funz et le grand D allaient tenter le coup avec So. Elle était là, le buste palpitant. Je ne sais pas si c'est l'alcool qui m'a fait agir, ou juste l'envie de leur défaire leurs illusions, mais je leur ai damé le pion en jouant ma petite comédie.

— *Bon, moi je m'en vais écouter la pile de films qui m'attend sur ma table de chevet. Comme je suis sûr que ça vous intéresse pas, je vous invite pas. Bonne nuit à tous. Et merci, So.*

Je l'ai regardée dans les yeux, puis je me suis levé, prêt à partir. Funz et le grand D ont eu l'air surpris que je leur laisse le champ libre. C'est moi qui ramasse tout en premier, d'habitude. Mais mon affaire était bien calculée : je savais qu'elle était pas venue nous rejoindre pour rien. Elle était mûre.

Funz s'est dépêché :

— *On peut aller chez Madame Rita, si tu veux, So, c'est à deux coins de rues d'ici. On pourrait prendre une autre bière.*

— *Oui, je sais.*

Le grand D a renchéri :

— *Si t'as le goût, j'ai une belle terrasse, chez nous, d'où on a la meilleure vue de la basse-ville. Il doit me rester un peu de rhum.*

So a eu l'air d'hésiter. Elle m'a regardé pendant deux ou trois secondes, puis elle a souri, un air lubrique enfoui loin au fond des yeux. J'ai eu l'impression qu'elle avait percé mes intentions depuis le tout début et qu'elle me rendait la monnaie de ma pièce. Elle s'est levée sans chanceler, puis nous a lancé, d'un ton narquois :

— *On va aller les écouter, tes films. Venez vous-en les gars. J'espère que t'as un lit assez grand pour quatre, Crad.*

Salut, La Saline

Mon père commençait toujours son histoire de la même façon. Il s'installait d'abord par terre, entre le lit de ma sœur et le mien qui étaient disposés en « L », puis adoptait une voix solennelle et grave. *Nous sommes réputés frileux, et fragiles, dans notre famille.* Devant notre œil avide, il poursuivait : *La légende veut que mon ancêtre, Jacques Dupuys dit La Saline, Charentais émigré, sergent royal des Troupes de la Marine resté en Nouvelle-France pour y devenir éleveur, maigre de corps et gros de cheveux* (cette image déclenchait à chaque fois nos rires sans fin)*, ait survécu à un voyage vers les colonies plein de froidure et de morts. Il avait conservé toute sa vie de mauvais souvenirs des gels violents subis en mer, mais surtout* (à ce moment ma sœur, de trois ans mon aînée, sachant ce qui s'en venait, me faisait signe de me cacher la tête sous les couvertures) *des corps criblés de taches rouges causées par le scorbut et empilés dans les cales de* L'Émerillon, *trop* *semblables en couleur au contenu des barils putrides desquels les cuisiniers tiraient les viandes pour les cuire pendant le voyage.* Plusieurs de ces mots m'étaient inconnus, *putrides, cales, scorbut,* mais leur sonorité, seulement, et la voix tonnante de mon père, suffisait à me terrifier une bonne minute. *On disait aussi qu'une fois au Nouveau Monde, il n'avait pu, jusqu'à sa mort, supporter la sensation des flocons de neige fondant sur sa joue ou se glissant dans le col de son manteau et qu'il s'était fait une réputation d'original, lorsque, en toutes intempéries, il avait tenu ouvert au-dessus de lui un objet rare et cireux déniché sur le navire, un objet venu de Chine à une époque où l'Orient était le bout du monde. Cet objet avait le pouvoir de le préserver de toutes les mouillures.* C'est à ce moment que nous hurlions : *Un parapluiiiiiiiiiie !*

Puis, papa poursuivait, sur le ton de la confidence. *Il paraîtrait qu'à la mort de La Saline, son fils Claude, qui l'avait veillé deux jours durant, avait reçu du notaire Barette un seul bien de valeur : un cheval à poils gris.* Cela déclenchait une rigolade plus grande encore que celle causée par la description de notre ancêtre. Un cheval, rien qu'un cheval… *Mais ce legs s'accompagnait d'un superbe parapluie tout neuf, bien ciré, cette fois commandé de l'Angleterre en prévision de sa mort. Étonné, Claude s'était demandé pourquoi son père ne lui avait pas simple-*

ment laissé le parapluie qu'il avait déjà, et conservé ses écus. Le notaire Barette, pressé d'accueillir d'autres clients, s'était dépêché de montrer au fils Dupuys comment fonctionnait le mécanisme du parapluie. Nous ouvrions alors la bouche, suspendues, sachant ce qui allait venir. *Tadaam ! Voilà qu'à l'ouverture du bel objet, un mot dicté par La Saline et mis sur vélin par le notaire (La Saline ne savait pas écrire) était tombé par terre. Le notaire lut à Claude la phrase suivante : Gardes toy des tempestes et ne meurs pas sans avoir droitement vécu.* Mon père prenait toujours une pause ici, souvent pour prendre une gorgée de vin, surtout pour laisser mûrir en nous la devise familiale. *La légende ne dit rien sur ce que Claude Dupuys, illettré comme son père et ses frères, comprit de cette devise. Mais nous savons qu'il a laissé en héritage un parapluie neuf à son fils Jacques-Marie. On peut donc en déduire que le fil des années, et l'usage du parapluie, avaient eu raison de sa surprise, et laissé en lui une empreinte assez forte pour qu'il fasse de ce legs une tradition.* Souvent, après ce passage, ma sœur me tendait la main au-dessus de son oreiller. Émues, nous pensions à nos ancêtres et à cette coutume pratiquée depuis des centaines d'années. Nous sentions les regards de Jacques, de Claude et de Jacques-Marie Dupuys braqués sur nous, et le poids des années peser sur nos têtes.

Nous prenions conscience peu à peu de notre place dans cette lignée et relevions la tête, fières. *Les Dupuys, en effet, d'une génération à l'autre, avec un même dédain de la pluie, des hivers, et des ennuis tombés du ciel, usèrent à la corde leurs protège-pluie à manches avant de les remplacer par des neufs, pour que leurs descendants puissent à leur tour être protégés des intempéries. Bonne nuit, mes Salines !*

Chaque fin de semaine, nous suppliions mon père de nous raconter cette histoire. *Allez, papa ! Allez ! On veut l'histoire de La Saline. S'il te plaît ! S'il te plaît ! S'il te plaît ! Please ! Please ! Please !* Il nous laissait languir un moment, finissait son repas lentement, lissait ses moustaches et courait derrière nous en grognant dans l'escalier pour nous amener à notre chambre. Alors il éteignait les lumières, s'installait par terre et se mettait à raconter. Nous nous endormions ces soirs-là avec en tête la voix grave de papa, les détails du testament de notre aïeul, la description de son périple vers le Canada ou la devise qu'il avait fait écrire sur un papier de luxe. Avant de quitter la chambre, une fois qu'il était certain de ne pas nous voir nous relever, papa passait sa grande main rêche sur nos fronts, et fermait la porte doucement.

Bien avant que ne débute le rituel des histoires, j'avais, toute petite, écarquillé les yeux lorsque mon père avait pour la première fois ouvert cet énorme parapluie couleur lavande dont il avait hérité, mais il m'avait vite convaincue de m'y abriter : *On va se faire un ciel sans nuage, mes Salines. Venez ici, dessous. Il fait toujours beau.* Ma sœur et moi avions donc, à force d'entendre son histoire, développé une fascination pour cet héritage et parcourions souvent le chemin entre la voiture et la porte d'entrée, l'épicerie ou l'école, en insistant pour tenir sa poignée vernie. Le parapluie, fier et solide malgré sa teinte délicate, couvrait nos trois têtes ébouriffées.

J'avais longtemps cru, vu la couleur peu orthodoxe, pour un homme, du parapluie, qu'il avait été choisi en hommage aux lavandes que mon père cultivait dans la cour arrière. Papa avait en effet voyagé, avant d'être père, et ramené d'un séjour en Provence une passion pour la culture de la lavande qui, disait-il, *faisait de notre pelouse la plus verte du voisinage.* J'avais pris quelques années avant de comprendre l'ironie de sa remarque, parce que notre terrain ne possédait qu'un minuscule carré de pelouse. Les lavandes poussaient autour dans un désordre agréable pour l'œil, mais qui faisait passer mon père, et nous tous par ricochet, pour un curieux personnage aux yeux du propret voisinage de banlieue.

Papa adorait s'étendre près de ses lavandes et y faire la sieste l'après-midi. Il restait allongé de longues minutes, les mains croisées sur la poitrine, la bouche entrebâillée laissant à l'occasion passer quelque mouche. L'atmosphère de notre maison, lourde et parfumée (tous nos tiroirs étaient remplis de sacs de fleurs de lavande et ma mère s'amusait aussi à en saupoudrer nos matelas), empêchait certaines de mes tantes de nous visiter. Aussi, chaque fois que, tous ensemble, maman, papa, ma sœur et moi, entrions quelque part, les gens nous regardaient d'un drôle d'air ; nous traînions des effluves provençaux peu discrets : celles de notre pelouse et des sachets de fleurs enfouis sous les vêtements pliés dans nos tiroirs. La teinte douce du parapluie était due, en vérité, à ma grand-mère qui, tout de suite après le décès subit de son mari, avait couru en ville se procurer le premier parapluie sur lequel elle était tombée pour ne pas mettre fin à la coutume. Mon grand-père n'avait pas eu le temps de prévoir son héritage et, de toute façon, il avait toute sa vie trouvé cette tradition *aussi ridicule et inutile qu'une vache sans pis.*

Un soir, je fus témoin d'une scène qui, j'allais le savoir plus tard, aurait une incidence sur le parapluie de mon père. Maman était au téléphone avec sa sœur, et je l'entendis lui dire que *le naufrage de mon père devait cesser.* Intriguée, j'allai voir ma sœur pour lui demander des explications. *Ça ne veut rien dire, La Saline, c'est juste une façon de parler. Tu vas comprendre plus tard.* Ce même soir, une fois couchée, je me réveillai en entendant des éclats de voix dans la cuisine et vis que ma sœur n'était plus dans son lit. Je sortis aussitôt de la chambre et la trouvai assise en haut de l'escalier, en train d'écouter la dispute de nos parents. Je m'installai à ses côtés. Elle me fit signe de rester silencieuse. Papa était assis à table, maman, debout devant l'évier, y vidait une bouteille de vin, l'air fâché. Maman criait, papa restait assis, calme. *Voyons, Diane. C'est juste un peu de vin.* Nous avions de la difficulté à saisir tous les mots prononcés par maman, mais l'un deux, nouveau, me resta en tête, puisqu'il fit taire mon père sur-le-champ : ultimatum. *Tu arrêtes. Je te donne jusqu'aux Fêtes. C'est un ultimatum. Sinon je pars avec les filles.* Papa se tut. Au bout d'un moment, de grosses larmes tombèrent le long de ses joues. Il sanglotait. Ma sœur posa alors doucement ses mains sur mes oreilles et me tira vers notre chambre. *Viens, La Saline, reste pas là.* Habituée à écouter les conversations de cuisine, elle en savait plus que moi sur tout. Mes parents, m'expliqua-t-elle, ne restaient ensemble que *pour les enfants* : ma mère n'aimait plus mon père.

À partir de ce moment, papa se fit plus silencieux, et sombre. Il devint soucieux. Il n'invitait plus d'amis à souper les samedis. On le trouvait souvent dans le salon, les écouteurs sur la tête, à écouter en boucle sa chanson préférée, *Sad Eyed Lady of the Lowlands,* jusqu'à minuit, sans dire un mot, et à glisser de temps en temps la main derrière la bibliothèque, où il se gardait une bouteille ouverte en permanence (ma sœur et moi avions trouvé sa cachette). Il oubliait tout : la Saint-Valentin, l'anniversaire de maman, nos cours de natation. Il refusait même, ce qu'il n'avait jamais fait auparavant, de nous raconter des histoires. Lorsqu'il acceptait, c'était les soirs où maman partait donner son atelier à l'université. Il arrivait dans la chambre avec une coupe de vin débordante, et s'assoyait près de la fenêtre. Il se mettait alors à raconter comme si nous n'étions pas là, des histoires sans queue ni tête. *La légende... la légende des Dupuys de la Saline... qui ont eu des femmes folles... des femmes folles, méchantes, des mégères... Jacques Dupuys de la Saline a pris un bateau de France... un bateau rempli de cadavres... mais dans lequel aucune femme... non... aucune femme, aucune folle... n'avait le droit d'embarquer...*

ils ont eu froid… sur l'océan Atlantique… au nord… ils ont eu froid… morts… il y a eu beaucoup de morts… ils ont tiré… la… courte… la courte paille… ils se… sont mangés… tout ça, c'est à cause des femmes… elles n'aiment pas le vin… et les hommes sont morts sur le bateau… Jacques Dupuys de la Saline est mort… Ma sœur me faisait signe de mettre encore mes mains sur mes oreilles, puis nous attendions, silencieuses, qu'il ait fini son monologue effrayant. Après son départ, nous nous racontions des bribes de l'histoire de notre ancêtre, du moins ce que nous nous rappelions. *Bonne nuit, La Saline. – Bonne nuit, La Saline.*

Le parapluie acheté par ma grand-mère, fabriqué à une époque où les objets étaient conçus pour durer, était d'une robustesse incroyable. Mais papa, après cette soirée de l'ultimatum, l'usa sans égards et l'oublia dans le coffre de la voiture. Un soir pluvieux de juin – j'avais environ huit ans –, je le cherchai partout, pour me rendre chez une amie qui habitait la maison voisine. Ma mère me dit qu'elle l'avait vu dans le coffre de l'auto. Je l'y trouvai, enseveli sous des bouteilles d'huile à moteur et des outils souillés, au milieu d'une tonne de caisses de bière vides, dans une fétide odeur de moisissure et de malt. Lorsque je vis dans quel état cet objet mythique se trouvait – il empestait, le métal était corrodé, le mécanisme coincé, le tissu pâli et troué par endroits –, je revins à la cuisine, de longues larmes chaudes coulant jusque sur ma langue.

Je cherchai papa. *Tu l'as oublié* ! voulais-je lui hurler. *Il ne sert plus à rien maintenant !* Maman, mal à l'aise, me dit que mon père était sorti, et qu'elle ne savait pas quand il reviendrait. J'avais claqué la porte de notre chambre où je m'étais enfermée de longues heures pour pleurer, avant de m'endormir, allongée près du parapluie ravagé. En plein cœur de cette nuit-là, j'entendis un vacarme épouvantable dans la salle de bain. Ma sœur se réveilla en même temps que moi. Nous prîmes le bâton de baseball dans la garde-robe, ouvrîmes la porte doucement, *reste derrière moi, La Saline,* et allumâmes la lumière d'un coup, prêtes à défendre notre territoire face à une effroyable créature nocturne. C'était papa. Il était affaissé près de la toilette. Ça puait. Une trace de vomi partait de la commissure de ses lèvres, glissait sur son manteau et finissait sur le couvercle de la toilette. Je faillis vomir aussi. Nous entrâmes, ma sœur ferma doucement la porte de la salle de bains puis me tendit un chiffon qu'elle prit sous l'évier. *Aide-moi, La Saline, on va nettoyer.* Elle me regarda soudainement avec un air sévère que je ne lui connaissais pas. *Je t'interdis de dire ça à maman, La Saline. Jure-le-moi.* Je jurai, puis l'aidai à nettoyer les vomissures, à changer mon père (ce fut facile, lui et maman faisaient chambre à part) et à le déplacer au salon, pour laisser croire qu'il s'y était endormi.

Je n'avais pas parlé à mon père pendant une semaine.

Dans les mois qui suivirent, tout continua d'empirer : mon père rentrait souvent en pleine nuit, en titubant. Il s'introduisait dans notre chambre et, les bons soirs, balbutiait d'incompréhensibles histoires de bateaux et de froid, d'ogres et de vin, de femmes et de trahison. Les mauvais soirs, il restituait son vin en larges flaques rougeâtres et tièdes. Ma mère accourait, inquiète, *tu vas faire peur aux filles, viens, viens par ici, on va te nettoyer. Rendormez-vous, mes chouettes.*

Une nuit, je devais avoir neuf ans, il ne revint tout simplement pas. Ma mère nous réveilla au petit matin, et fit nos bagages. *Dépêchez-vous, les filles, choisissez chacune un objet qui vous rappellera votre père. Un seul. Et remplissez chacune une boîte de jouets, une seule. Je m'occupe de vos valises.* Ma sœur, plus hardie que moi, osa lui demander pourquoi. Maman la gifla sur-le-champ. Nous avions erré dans les pièces de la maison, main dans la main, à la recherche d'un objet à l'image de notre père, tentant de nous convaincre que cela allait servir à lui bricoler un cadeau semblable à ceux que l'on fabriquait pour la fête des Pères. Ma sœur avait fini par prendre le pendule de Newton, un objet dont l'usage nous était la plupart du temps interdit parce que nous finissions toujours par en emmêler les fils, et moi le verre de céramique dans lequel papa buvait son vin, puisque je l'avais moi-même fabriqué à l'école.

Horrifiée, sans doute, de me voir choisir un objet aussi emblématique de l'ivresse de mon père, maman m'ordonna de laisser le verre où je l'avais trouvé. Alors j'avais pris le vieux parapluie, qu'elle n'avait pas voulu mettre dans la valise. *Allez, maintenant, on doit partir.* Nous avions dormi quelque temps chez ma tante avant de nous installer dans un appartement en ville, où tous les meubles étaient neufs. Le lendemain de notre départ, ma sœur avait sorti de son sac d'école le verre de céramique et le parapluie. *Tiens, La Saline, cache-les. Je suis retournée les chercher à la maison de papa, hier, dis-le pas à maman.*

Au début, mon père nous appelait dans ses moments de sobriété, la voix lointaine et triste. Il laissait des messages sur le répondeur, que ma mère tentait d'effacer avant notre retour de l'école. Souvent nous réussissions à les écouter avant elle. *Salut les Salines ! C'est papa !* Nous répondions toujours, la main levée vers le répondeur, pareilles à un sergent royal des Troupes de la marine, *Salut, La Saline !* Il parlait peu, répétait sans arrêter *je vous aime, mes belles filles, je vous aime. Je pense à vous. On se voit bientôt. On ira à La Ronde.* Mais nous ne le voyions presque jamais et ses appels se firent de plus en plus espacés. À la fin, il appelait la nuit. Pleurait. Laissait de longs messages. *Je veux pas aller à la cour pour régler le divorce. Diane. Voyons, Diane. On peut s'arranger. Je vais changer. Diane ! Réponds-moi !* Parfois il devenait plus agressif, traitait ma mère de *maudite vache.* Maman changea notre numéro de téléphone pour un confidentiel.

Il nous visita une dernière fois. Il tenta de nous amuser en ouvrant la porte d'entrée brusquement. *Salut, les Salines !* Son manteau d'hiver lui flottait sur le corps, ses joues étaient creuses, sèches, et une large taillade lui traversait le front. Ma mère éclata. *Qu'est-ce qui t'est arrivé ? Tu t'es battu ? Les filles, embrassez votre père et montez en haut, tout de suite.* J'appris plus tard que papa était venu emprunter de l'argent à ma mère, pour s'en aller. Une semaine après, papa quittait la ville pour de bon. Sans nous dire au revoir. Nous apprîmes la nouvelle un soir où ma mère était sur le balcon avec sa sœur, et que nous écoutions leur conversation de derrière la moustiquaire. *Il est parti. Retourné voir le pays de ses lavandes, je crois bien. Je ne pense pas qu'il va revenir.* Ma tante l'avait prise dans ses bras en silence. *Moi, ça va. Ce sont les filles qui m'inquiètent.*

Ce soir-là, ma sœur m'avait réveillée vers minuit. *Viens, La Saline, papa a oublié de nous dire au revoir avant de s'en aller. Viens ! On va aller lui dire salut.* Nous nous étions donc faufilées dehors en silence, à l'insu de maman qui ne devina jamais rien. Ma sœur avait pris soin d'apporter le parapluie troué, une lampe de poche et des vêtements chauds. Nous avions marché plus d'une heure et demie pour nous rendre à notre ancienne maison. Une fois là-bas, après avoir vérifié que les occupants étaient endormis, nous avions enlevé nos sandales, marché pieds nus à travers les plants de lavande plantés par notre père et cherché le boyau d'arrosage. *C'est parfait,* avait dit ma sœur, *il y a un arrosoir à jardin.* Elle avait tiré le boyau jusque dans les hautes lavandes, puis était retournée près du robinet. *Attends, pousse-toi, tu vas te faire mouiller. Viens ici.* Je l'avais suivie. *On y va, on le fait, et après on court se cacher derrière l'arbre, là-bas, compris ?* Elle avait ensuite démarré l'eau, puis nous avions ouvert le parapluie et couru nous mettre sous l'immense ondée que nous avions causée. Les lavandes me chatouillaient les genoux. De grosses gouttes craquaient avec force en tombant sur le tissu mauve du parapluie.

Ça sentait papa.

Sous la chair

Debout près de la fenêtre, je buvais mon café qui tiédissait dans son bol de céramique, je prenais de longues gorgées, je regardais le soleil, et la cour, le gazon, le grand chêne, le pauvre cerisier avec ses grandes taches brunes sur le tronc, ses feuilles tordues et sèches, son écorce déchirée et noire, non, me suis-je dit, pas le cerisier malade, ne pas penser à la maladie, aux taches brunes, aux doigts sans ongles et aux grimaces de douleur, non, je me suis concentrée, j'ai continué à boire mon café, au bord de la fenêtre de la cuisine, comme tous mes voisins devaient le faire en ce dimanche lumineux de septembre, une gorgée, deux gorgées, mes idées se calmaient un peu, je savais que c'était en mon pouvoir de regarder le soleil et de ne penser qu'à lui, à rien d'autre – et vider ainsi son esprit n'est pas une chose facile – mais j'y suis arrivée, le soleil paraissait blanc tellement il luisait, j'observais cette blancheur impeccable et quasi angélique, ça me faisait mal aux yeux, mais il me semblait que rien n'était aussi beau ni aussi vrai que cette pureté qui tombait sur le monde et ralentissait, l'espace de quelques secondes, les saccades de mes pensées, je savais que je ne pourrais rester longtemps ainsi, les yeux vers le soleil, déjà de petits points noirs obscurcissaient ma vision, mais pour la première fois depuis longtemps, pendant que je me laissais aveugler, l'idée que le monde avait peut-être sa part de beauté me traversait l'esprit, et je me sentais bien, apaisée ; c'est à cause de ces picots noirs causés par la lumière que je ne l'ai pas vu venir, je ne l'ai pas vu, mais je l'ai entendu, le bruit de son bec sur le carreau de la fenêtre a produit un son d'os brisé si puissant que j'ai échappé mon bol de café, la vitre a fendu en plusieurs morceaux dont certains sont tombés, emportant le petit moineau, je suis sortie sans même penser à nettoyer tout le café que je venais de répandre sur le plancher, le petit moineau gisait par terre, parmi des morceaux de vitre ensanglantés ; ses yeux grands ouverts semblaient m'appeler de toute leur âme, me demander de l'aide comme si je détenais quelque pouvoir sur le monde, comme si je pouvais changer quoi que ce soit dans sa mort imminente, alors, malgré la vue du sang qui me répugne, j'ai défié la suite logique des choses, de toute façon, la véritable suite des choses consistait peut-être en cela, que cet oiseau ne meure pas, que je le sauve, après tout je buvais mon café devant la fenêtre de ma cuisine lorsqu'il s'y était heurté, il était apparu comme un message qui m'était directement adressé, donc j'ai repoussé les fragments de vitre cassée, puis j'ai saisi son corps visqueux ; il ne se débattait pas, mais s'affaissait au creux de ma paume, il avait fermé les yeux, je n'arrivais pas à savoir s'il voulait que je le sauve, ou non, j'ai revu la maladie, les doigts sans ongles et rougis, la bouche entrouverte et suppliante, l'odeur amère de la chambre, et là, bien sûr, mes pensées repartaient au galop, mais j'ai concentré mon regard sur le moineau, je me demandais ce qu'il souhaitait, au fond, le pauvre, mais les oiseaux ne parlent pas, je sais, et le pire qui puisse arriver à un être vivant en train de mourir, c'est de ne pas pouvoir s'exprimer, alors je me suis dit, vas-y, aide-le, il pourra peut-être au moins chanter si tu réussis, jouer son rôle dans l'économie musicale du monde, et là, pendant que les mots « économie musicale du monde » se formaient dans ma tête, avec cette voix que j'entends toujours et qui n'est pas la mienne, mais qui l'est en même temps, je me suis aperçue que ma main était couverte d'un sang chaud et collant, foncé, expulsé du corps du moineau au rythme des faibles battements de son cœur, alors j'ai figé, là, sur le balcon, et ça a recommencé, cette valse stupide dans ma tête, les images en accéléré, le bout des doigts rougis et criblés d'écorchures, la bouche sèche murmurant des supplications incompréhensibles et jamais exaucées, la douleur dans chacune des fibres du visage, tout ça allait et venait dans ma tête, et je ne savais plus, entre cette mort que je serrais dans ma main et l'autre qui encrassait mon esprit, ce qui se classait dans les souvenirs, dans la réalité, dans la fabulation, toutes ces images avaient la même texture, exactement, dans mon esprit, le vrai et le faux, le souvenir et le moment présent, tout se mélangeait et faisait mal, oui, si mal, dans ma poitrine et dans mon ventre, mais sous mon crâne, surtout, ça cognait si fort, j'avais peur, j'aurais voulu voir ma mère, qu'elle me prenne dans ses petits bras maigres et qu'elle me flatte les cheveux – ce qu'elle n'a jamais fait –, qu'elle me dise tout va bien, tu vas voir, tout va bien aller, ce n'est rien, ma fille, je suis là, *Je suis là,* Mon Dieu, oui, ces paroles auraient pu me sauver, peut-être, oui, l'amour d'un parent, ça aide quand vient le temps de tenir la mort entre ses doigts, et justement, pendant que je pensais à tout ça, le sang continuait de se répandre, ça glissait maintenant à travers mes doigts pourtant bien serrés les uns sur les autres, et moi je regardais mes mains sans avoir la volonté de bouger, je n'avais plus de pouvoir sur rien, et je me disais que ce devait être ça, un peu, mourir, et les images continuaient de se succéder sans arrêt dans mon esprit, que pouvais-je faire, en vérité, que pouvais-je réellement faire avec cette petite bête ; et là, le moineau m'a donné un signe : il a eu un violent soubresaut et a ouvert les yeux, il me regardait, je le regardais, et à ce moment j'ai compris ce qu'il voulait me dire, je l'ai toisé et lui ai laissé voir combien ça ne me plaisait pas, parce que je déteste voir le sang de trop près, et imaginer ce qui se cache derrière, mais il me suppliait tellement de ses yeux mouillés que je suis rentrée, vite, oui, en faisant mon chemin comme Hansel et Gretel, pas avec du pain ni des cailloux, mais avec du sang, et je me disais... Mon Dieu, est-ce possible, tant de sang dans une si petite bête, non, ça devrait arrêter bientôt, mais si ça arrêtait ça voudrait dire qu'on serait arrivé au bout, et ça, je ne le voulais pas, alors j'ai accéléré le pas jusqu'à la cuisine, j'ai couché le moineau sur la grande planche à découper, puis j'ai couru mouiller trois débarbouillettes blanches avec de l'eau très chaude, les ai placées à droite de la planche à découper, j'ai pris une bonne respiration et me suis lancée; j'ai effleuré la poitrine de l'oiseau avec une débarbouillette pour le laver et y voir quelque chose, la petite peau grise, elle s'était fendue sur presque toute la longueur du ventre, et les bords de cette si mince membrane avaient commencé à friser, à s'enrouler sur eux-mêmes comme un jersey, et au centre de ces deux moitiés de peaux ballantes tentaient de survivre les viscères miniatures, et je me disais Mon Dieu, cet oiseau, cet enfant, cette chose devant moi, comment est-ce possible, le ventre ouvert et il vit encore, je sais, il me regarde, me supplie, mais il est en train de mourir lentement, il est à cheval entre les textures, le vrai et le faux, le souvenir et le moment présent, la vie et la fabulation, alors je me suis dit, vas-y, tu es capable, tu peux le sauver, lui, tu le peux, je suis allée chercher le panier à couture sur le dessus de l'armoire, y ai retiré le nécessaire : fil blanc, aiguille la plus fine possible, ciseaux, puis j'ai enfilé l'aiguille que j'ai ensuite tenue entre mes dents pour ne pas la perdre, je me suis penchée, j'ai saisi du bout des doigts la petite peau grise et enroulée sur elle-même, et j'ai piqué mon aiguille assez loin de la lisière pour éviter la déchirure, le petit moineau a eu mal, il a gigoté un peu, je lui disais c'est pour ton bien, tu verras, je vais réussir à te sauver, toi au moins, ton existence arrêtera de couler hors de toi-même, et je piquais l'aiguille dans une membrane, puis dans l'autre, pour bien les raccommoder, et je repoussais les organes qui voulaient s'extirper du corps par le trou béant du ventre, ça sentait le sang ferreux, mais je poursuivais mon travail de fée en essayant d'oublier les odeurs, et ses yeux, surtout, à ce minuscule volatile, qui me suppliaient en silence, et je raccommodais, raccommodais, en me disant il va guérir, oui, j'ai ce pouvoir, moi, de l'aider, j'ai au moins ça, oui, et là tout d'un coup j'ai vu le bout de mes doigts, rougis, maniant la peau et le fil, et ça m'est apparu comme une évidence, on aurait dit que c'était moi qui mourais sur cette table et ça a recommencé, toutes les images sont revenues, bien détaillées, les odeurs aussi, je l'ai revu, oui, cet homme que j'aimais, ses doigts abîmés, la peau si sèche de son visage jauni, là, sur son lit de soins de dernière durée, la bouche ouverte et assoiffée que l'on abreuve d'un morceau d'éponge à peine humidifié piqué au bout d'un bâtonnet, le corps vieilli trop vite par la maladie et les traitements, les ongles tombés à cause des médicaments, les mains agrippées au vide, cherchant une surface, une bulle d'air où respirer, le gargouillis visqueux de la gorge, la panique, la si grande panique de sentir la vie abandonner son corps, je le voyais clairement, cet homme, à cheval entre les textures, entre ses souvenirs et ses espoirs, entre son monde intérieur et le néant qui le prenait lentement, je le voyais agiter ses bras au-dessus de sa tête en aspirant l'air à pleins poumons, essayer de vivre quelques secondes de plus, et moi, impuissante, assise au bout du lit, à chuchoter des apaisements auxquels je ne crois même pas, et son cœur qui ralentissait à chaque heure, vous allez voir, madame, ça va diminuer encore, disait l'infirmière, ça va ralentir puis s'arrêter doucement, et c'est ce qui est arrivé, oui, il est mort, cet homme que j'aimais, il n'a plus eu de force pour lever ses bras et chercher de l'air quelque part, pour supplier tous les saints de lui laisser encore quelques jours, quelques heures, quelques minutes, quelques secondes, le cœur a ralenti, ralenti, comme l'avait prédit l'infirmière, comme le cœur de tous les patients étendus dans les lits des soins de dernière durée, et tout à coup derrière mes doigts sur lesquels le sang commençait à sécher par endroits, j'ai vu la peau grise se déchirer, malgré mes fines coutures, de partout ça fendait sans arrêt, plus rien ne tenait, et je regardais le moineau, mes doigts barbouillés, ses yeux qui quémandaient du temps, juste un peu de temps, le fil blanc passé à travers sa peau grise, et je me disais il va mourir, comme l'autre, à l'hôpital, il va mourir, et ça me faisait si mal, encore, dans ma tête et ma cage thoracique, cette idée que je n'avais aucun pouvoir, ça brûlait ma gorge, je respirais fort, j'étais à cheval entre toutes les textures encore, la vie et la mort, ce qui existe et ce qui n'existe pas, je voyais le moineau à moitié cousu et sa peau fendue de partout, et j'avais peur, j'avais si peur, pour lui, pour moi, je me disais ça va m'arriver aussi, un jour un grand rideau noir va s'abattre sur moi et m'enfermer dans un petit réceptacle dans lequel je ne pourrai pas bouger ni parler ni rien faire du tout, et je serai morte, comme cet homme que j'aimais, morte, comme cet oiseau que je ne peux plus coudre et qui mourra, dans trente secondes, parce que j'aurai calmé mon angoisse en passant l'aiguille à travers tous ses tissus sanguinolents, et que j'aurai cherché, derrière ses chairs, le cœur, pour y enfoncer plusieurs fois mon aiguille, cela je le peux, oui, enfoncer plusieurs fois mon aiguille dans son cœur.

Remerciements

Un grand merci à Première Ovation en arts littéraires, qui m'a soutenue, notamment, dans le cadre de mon premier projet d'écriture dont quelques textes se retrouvent ici, à Anne Peyrouse, Isabelle Forest et Alain Beaulieu qui, par leurs conseils et commentaires, m'ont permis d'aborder l'écriture avec plus de lucidité et de profondeur, à Éric Simard, pour son infinie patience, sa grande sensibilité et son habileté à me guider dans le travail de réécriture, à mon amoureux, Simon, qui m'a encouragée et soutenue au fil de mes différents projets de création et qui, bien souvent, doit délaisser sa musique pour me permettre de travailler dans le silence, et merci à tous ceux autour de moi qui, par des conversations ou des lectures partagées, nourrissent mon univers et ma plume.

Table des matières

H
hamac

Dans la même collection

Le Vertige des insectes
Maude Veilleux, 2014

La Maîtresse
Lynda Dion, 2013

Le Mouvement naturel des choses
Éric Simard, 2013

Passagers de la tourmente
Anne Peyrouse, 2013

Si tu passes la rivière
Geneviève Damas, 2013

La Baleine de parapluie
Stéphane Libertad, 2012

Un léger désir de rouge
Hélène Lépine, 2012

Chaque automne j'ai envie de mourir
Véronique Côté et Steve Gagnon, 2012

L'Hiver à Cape Cod
Pierre Gobeil, 2011

Depuis les cendres
Emmanuel Bouchard, 2011

La Dévorante
Lynda Dion, 2011

Déjà
Nicolas Bertrand, 2010

La Pureté
Vincent Thibault, 2010

La Trajectoire
Stéphane Libertad, 2010

Être
Éric Simard, 2009

La Louée
Françoise Bouffière, 2009

Au passage
Emmanuel Bouchard, 2008

Enthéos
Julie Gravel-Richard, 2008

La Deuxième Vie de Clara Onyx
Sinclair Dumontais, 2008

hamac-carnets

Dans la collection hamac-carnets

Tout foutre en l'air
Simon Lanctôt, 2013

Les Chroniques d'une fille indigne
Caroline Allard et
Francis Desharnais, 2013

Détails et dédales
Catherine Voyer-Léger, 2013

Voyages et rencontres en Franco-Amérique
Dean Louder, 2013

Avant Eden
Barthélémy Courmont, 2013

Soleil en tête
Julie Gravel-Richard, 2012

Pour en finir avec le sexe
Caroline Allard et Iris, 2011

J'écris parce que je chante mal
Daniel Rondeau, 2010

Passion Japon
Valérie Harvey, 2010

Les Chroniques d'une mère indigne 2
Caroline Allard, 2009

Un taxi la nuit T-II
Pierre-Léon Lalonde, 2009

Lucie le chien
Sophie Bienvenu, 2007

Les Chroniques d'une mère indigne 1
Caroline Allard, 2007

Un taxi la nuit
Pierre-Léon Lalonde, 2007

Entièrement consacrée à la fiction,
Hamac propose des textes
profondément humains qui brillent
par leur qualité littéraire.

Si vous avez aimé celui-ci,
nous vous invitons à découvrir
les autres titres de notre catalogue.
Vous aurez certainement
du plaisir à les lire.

Pour soumettre un manuscrit ou obtenir plus d'informations,
visitez le site www.hamac.qc.ca

Hamac est dirigé par Éric Simard.

Vente de droits

Mon agent et compagnie
Nickie Athanassi
173 et 183 Carré Curial
73000 Chambéry, France
www.monagentetcompagnie.com
help@monagentetcompagnie.com

Tous les livres de Hamac sont imprimés sur du
papier recyclé, traité sans chlore et contenant 100 % de fibres
postconsommation, selon les recommandations d'ÉcoInitiatives
(www.oldgrowthfree.com/ecoinitiatives).
En respectant les forêts, Hamac espère qu'il reste
toujours assez d'arbres sur terre pour accrocher des hamacs.

PROTÉGEONS
NOS FORÊTS

COMPOSÉ EN ARNO PRO CORPS 13
SELON UNE MAQUETTE RÉALISÉE PAR PIERRE-LOUIS CAUCHON
ET ACHEVÉ D'IMPRIMER EN JANVIER 2014
SUR LES PRESSES DE L'IMPRIMERIE MARQUIS
À MONTMAGNY
POUR LE COMPTE DE GILLES HERMAN
ÉDITEUR À L'ENSEIGNE DU SEPTENTRION